照れ降れ長屋風聞帖【十一】

盗賊かもめ

坂岡真

双葉文庫

目次

盗賊かもめ

一

文政《ぶんせい》八年（一八二五）、重陽《ちょうよう》（九月九日）。

おそでを連れてゆくのに適当な行楽地はあるまいかと尋ねたところ、照降長屋《てれふれ》で十分一屋《じゅうぶいちや》を営むおまつは笑いながら「菊人形を見物するなら千駄木《せんだぎ》の団子坂《だんござか》だよ」と教えてくれた。

団子坂は植木屋の集まる巣鴨《すがも》や駒込《こまごめ》にほど近く、節句当日は坂道の両側に菊人形を飾った葦簀囲《よしずがこ》いの小屋がずらりと並ぶ。宝船に乗った七福神だの、白銀《はくぎん》を戴《いただ》いた富士《ふじ》に飛翔《ひしょう》する鷹《たか》だのといった豪華な細工物も飾られると聞き、天童虎之介《てんどうとらのすけ》はおそでを誘ってさっそく足を向けた。

なにせ、会津《あいづ》生まれの田舎者、江戸府内や近郊の行楽地をあまり知らない。鎌倉河岸《かまくらがし》の裏長屋を出て神田川《かんだがわ》をめざし、とりあえずは教えられたとおりに、湯島《ゆしま》、本郷《ほんごう》と通りぬけ、日光街道《にっこうかいどう》と中山道《なかせんどう》の追分《おいわけ》から北へすすんだ。

さらに、駒込の四軒寺町《しけんてらまち》から東に行けば、千駄木にたどりつく。

谷中《やなか》の寺町に向かってなだらかに下る団子坂は、菊花を愛《め》でる見物人たちで溢《あふ》れるほどだった。

「わあ、きれい」

おそでは黒目がちの眸子《まなこ》を輝かせ、坂道を弾むように駆けてゆく。

十八にしては幼い印象の面立《おもだ》ちだが、牝鹿《めじか》のように伸びた四肢《しし》は美しい。

なるほど、菊人形はどれも見事で一見の価値はあった。が、波のような人の頭を眺めながら坂道を一往復しただけで、虎之介は疲れきってしまった。

「つぎはどこに行くの」

おそでは疲れを知らぬ女童《めわらべ》のように、飛んだり跳ねたりしている。

「大観音《だいかんのん》さまのお顔が拝みたい」

と、仕舞《しま》いには言いだす始末だった。

少し道を戻った四軒寺町の光源寺《こうげんじ》には、二丈六尺の大観音像が安置されている。

ありがたい「大観音さま」を拝んだあとは日光街道へまわり、青物市場《やっちゃば》の隣にある目赤不動《めあかふどう》に詣《もう》で、そのあとは八百屋《やおや》お七《しち》で名高い吉祥寺《きつしようじ》に立ちより、さらに足を延ばして駒込富士にも登りたいと、おそでは嬉しそうに喋《しゃべ》りつづけた。

菊見物よりも、ふたりきりで出掛けることが楽しいのだ。

「だって、もう二度とないかもしれないもの」

媚《こ》びたような眼差しを向けられ、虎之介は耳まで赤く染めた。

そこはまだ二十歳《はたち》の若侍、図体は大きくとも、大人の色恋には疎《うと》い。

おそでとは、深い仲になったわけではなかった。裏長屋の隣同士なので、朝夕《ゆう》の食事に掃除、洗濯に縫い物と平常《ふだん》からよくしてもらっている。その返礼に遊山《ゆさん》にでも連れてゆこうと、おもいたった。

「詮方《せんかた》あるまい」

今日はとことん、付き合ってやろう。

光源寺の山門をくぐると、二階建ての御堂がみえた。

頂部には観音扉が開き、観音菩薩《ぼさつ》の大きな顔が覗いている。

虎之介はぎょっとしたが、おそでは手を叩いてはしゃいだ。

「あれまあ、大きなお顔、御利益《ごりやく》もありそうね」

屈託《くったく》のない笑顔からは想像もできないが、人並みはずれた苦労を背負いこんでいる。棒手振《ぼてふ》りだった双親《ふたおや》は娘を売ったことを苦にして首を縊《くく》り、おそで自身も売られた岡場所から逃げ出してきたことがあった。

「あの観音さま、誰かに似ているとおもわない」

「ん、誰かな」

「おまつさま」

言われてみれば、たしかに似ているかもしれない。

三十なかばの年増のおまつを「菩薩の再来」ともちあげた者がいた。定町廻《じょうまちまわ》りさだかではなかった。柳橋《やなぎばし》にある夕月楼《ゆうづきろう》主人の金兵衛《きんべえ》であったか、定町廻りの八尾半四郎《やおはんしろう》であったか、あるいは、おまつの亭主の浅間三左衛門《あさまさんざえもん》であったか、しかとはおぼえていない。

たしか、歌詠《うたよ》みの仲間に入れてもらった宴席でのことだ。四人で鴨鍋《かもなべ》を囲みながら「青首尼呼女《あおくびにこめ》」なぞというふざけた狂歌名まで付けられた。そのとき、女房にするなら、少しばかり気は強くても気《き》っ風《ぷ》が良いほうがいいとか、小さいことにこだわらぬ鷹揚《おうよう》な性格がいいとか、わずかな過《あやま》ちには目を瞑《つむ》る寛容さが欲しいとか、人付き合いが上手《じょうず》で甲斐性《かいしょう》もあるおなごがいいとか、酔った勢いで埒《らち》もないことを語りあったのだ。いずれにも当てはまるのが、おまつであった。

「尼呼女さん、尼呼女さん」

おそでが戯《ふざ》けて袖《そで》を引く。

「一句ひねってくださいな」

「え」

小粋な芸者のような物言いに、虎之介は戸惑った。

「境内《けいだい》には菊市も立っておりますよ。さ、菊に因《ちな》んだ句をおひとつ」

促《うなが》されても、すぐには口を衝《つ》いて出てこない。

「お感じになられたままをお詠みになって、ね」

「ねと言われてもなあ」

観音菩薩を睨《にら》み、じっと考える。

「よし、こんなのはどうだ」

「はい、どうぞ」

「夢に酔う、菩薩の酌《しゃく》で菊の酒」

「まあ、観音さまにお酌をさせるなんて、罰当《ばちあ》たりね」

「そうかな」

おそでは、うふっと小さく笑う。

「大観音さまを拝めば御利益があるって、おすずちゃんに聞いたのよ」

「ふうん」

おすずはおまつの娘、年は十一、昨年の暮れから日本橋《にほんばし》の呉服屋《ごふくや》でお店奉公《たなぼうこう》をはじめていた。

「お客さまに駒込の仏具屋さんがあってね、お使いに寄こされたときは必ず光源寺に立ちより、大観音さまを拝むんですって。家族四人でずっとずっと、健《すこ》やかに暮らせますようにってね。虎之介さま、わたしの願いも知りたい」

「ん、まあな」

「それは秘密、教えたげない」

おそでは肩を竦《すく》め、ぺろっと舌を出す。

その仕種《しぐさ》が、何とも可愛らしい。

「わたし、おすずちゃんが羨《うらや》ましいな」

「どうして」

「だって、三左衛門さまでしょ、おまつさまでしょ、それに、おきっちゃんも。

いっしょに暮らしてくれる人が三人もいるから」

虎之介は返答に窮した。

自分は裏長屋で独り暮らしをしているが、故郷の会津には母や兄たちがいるし、江戸定府《じょうふ》の叔父《おじ》もときたま様子を伺《うかが》いにやってくる。

おそでは、天涯孤独の身の上だった。

「先だって、用事があって照降長屋を訪ねたとき、三左衛門さまとおはなししたの。江戸に出てこられて、もう八年になるんですって。おまつさまに出逢うことがなければ、今頃は野垂《のた》れ死んでいただろうって、さも嬉しそうに笑っておられたわ」

「浅間さんがそんなことを」

「ご存じでしょ。おまつさまはいちど紺屋《こうや》に嫁《とつ》がれ、浮気なご亭主に愛想が尽きて三行半《みくだりはん》を書かせた。幼いおすずちゃんを連れて絹糸を商《あきな》うご実家に戻ったところで、三左衛門さまとめぐりあったのよ。縁は異なものとは、よく言ったものよね」

虎之介にとって、浅間三左衛門は人生の師であり、恩人でもあった。

一年前、ふとした縁で知りあい、ともに会津まで旅をし、会津藩の重臣たちの不正を暴《あば》いてみせた。信頼し、命を預けあった間柄だけに、他人とはおもえない。

拠所《よんどころ》ない事情から故郷の藩を逐《お》われ、江戸で浪人暮らしを強いられた境遇も似かよっており、流派のちがいこそあれ、たがいに剣の道を志《し》した点も共通している。年の差でみれば父子ほどの開きはあっても、親しい友人のように感じられてならなかった。

よほど楽しいのか、おそでの舌はいつにもましてよくまわる。

「でも、何がおめでたいって、おきっちゃんを授かったことよね。おきっちゃんは屋形船で生まれたのよ」

「ああ、知っているとも」

昨年の梅雨《つゆ》時、鉄砲水《てっぽうみず》で江戸じゅうが水に浸かったときのことだ。

身重のおまつは、二階まで水に浸かった汁粉屋《しるこや》の屋根に取りのこされた。雨は降っているし、冷たい屋根のうえで生みおとしたら、母子ともども危険にさらされる。間一髪《かんいっぱつ》という段になって、神仏への願いが通じたのか、三左衛門と親しい仲の商人が屋形船を仕立てて助けにきてくれた。

そのあたりの経緯《いきさつ》なら、おまつからも聞いたし、夕月楼の金兵衛からも聞いた。

「運の良い子だな」

「四十三で生まれた娘だから、目に入れても痛くないんですって」

「いくつで生まれても、子は可愛いものだろうさ」

難しい顔でつぶやくと、おそでが顔を覗きこんでくる。

「虎之介さまは、わたしよりふたつ年上。まだお若いのよね」

「何が言いたい」

「お望みなら、ご仕官もかなうってこと」

会津藩に復帰する道もあるが、虎之介は首を横に振った。

「仕官する気はない」

「生涯、浪人暮らしでいいの」

「かまわぬさ」

「ってことは、誰かと所帯をもって、子をこさえて」

おそでが、身を乗りだしてくる。

虎之介は、正直な気持ちを吐《は》いた。

「そうだ。子は何人あってもよいな」

三左衛門のように、貧しても逞《たくま》しく清らかに生きてゆきたい。

「いったい、どんなおひとがお嫁さんになるんだろ」

おそでは長い睫毛《まつげ》を伏せ、ほっと溜息を吐《つ》く。

そうなりたいと願いつつも、かなわぬ夢だとおもっているのだ。

だいいち、身分がちがう。子守りや木戸番の手伝いで食いつないでいる自分に、白無垢《しろむく》が似合うはずはない。そう、頭から決めてかかり、あきらめていた。

おそでの心情が、虎之介には手に取るようにわかる。

にもかかわらず、力強いことばを掛けてもやれない。

恩師と慕う三左衛門には「もらってやればいい。おそでは、なかなかできた娘だぞ」と諭《さと》されたことがあった。おまつにも「その気なら早いほうがいいよ」と言われ、所帯をもってもよいとおもいはじめている。

ただ、面と向かっては言えない。

気恥ずかしさもあるし、所帯をもつ器《うつわ》ではないという気もするのだ。

「いいの。こうしているだけで、わたしはいいのよ」

おそでが、そっと小指を絡《から》めてくる。

虎之介は手を引っこめた。

と、そのとき。

参道のほうから、幼子《おさなご》の悲鳴が聞こえてきた。

二

境内は騒然となった。

「常吉《つねきち》、常吉」

父親らしき男の叫び声に振りむくと、うらぶれた浪人が幼子を小脇に抱え、参道を駆けてくるのがわかった。

「誰か、誰か、その子を」

遥《はる》か後方で、商人風体《ふうてい》の男が叫んでいる。

虎之介のからだは、自然に反応していた。

境内を矢のように駆けぬけ、山門の一歩手前で立ちはだかる。

「退《ど》け、邪魔するな」

浪人は野良犬のように吠《ほ》え、白刃を抜くや、右腕一本で突きかかってきた。

「でやっ」

左腕に抱えた子は気を失っている。

三つかそこらの芥子坊《けしぼう》だ。

虎之介は刺突《しとつ》を躱《かわ》し、大刀を抜きはなった。

「ふん」

物打ちを峰に返し、相手の向《む》こう臑《ずね》に打ちこむ。

「ぬたたっ」

浪人は激痛に顔をゆがめ、前のめりに倒れこんだ。

虎之介は身を寄せ、幼子を奪いかえす。

びゅんと、白刃を一閃《いっせん》させた。

「わっ、待て、見逃してくれ」

浪人は命乞いしながら後ずさり、足をひきずりながら逃げていく。

もとより、追う気はない。

きょとんとした芥子坊を甃《いしだたみ》に降ろしたところへ、さきほどの父親らしき商人が駆けこんできた。

年は五十前後、立派な風体から推《お》せば、大店《おおだな》の主人であろうか。

「ありがとうございます、ありがとうございます」

商人は甃に額《ぬか》ずき、御礼のことばを繰りかえす。

幼子は泣きもせず、父親を不思議そうにみつめていた。

「常吉、そばを離れるなと、あれほど言ったろう」

父親は叱《しか》りつけ、芥子坊のやわらかい頰を平手で叩いた。

「うえっ」

人垣をつくった野次馬《やじうま》どもが、びっくりする。

父親は目に涙を溜め、幼いからだを抱きしめた。

その途端、芥子坊は火がついたように泣きだした。

虎之介も、しみじみとした気分にさせられる。

父親が涙を拭き、こちらに向きなおった。

「お武家さま、どうかごいっしょに。家はすぐそばにございます。感謝のおしるしに、せめて一献《いっこん》」

断る暇《いとま》も与えられずに袖を引かれ、山門の外へ連れだされた。

「おっと、そういえば」

忘れ物があったと振りむけば、おそでが口を尖《とが》らせている。

「そちらは」

「連れです」

「なれば、ごいっしょに」

商人はそう言い、門前の広小路を斜めに横切った。

すると、正面に「瓦屋《かわらや》」という屋根看板がみえた。

幼子を抱いた商人は敷居をまたぎ、番頭を呼びつける。

「内儀《おかみ》はどうした」

「日本橋の呉服屋へ」

「またか」

「はい」

「常吉をみておれ。目を離すなよ」

「かしこまりました」

商人は幼子を番頭に手渡し、ほっと肩の荷をおろす。

振りかえった顔には、満面の笑みを湛《たた》えていた。

「屋号は瓦屋ですが、ご覧のとおりの仏具商にございます」

土間にも板間にも、仏壇や仏具が所狭しと並んでいた。

「ひとはみな、死ねば石になる。賽《さい》の河原《かわら》の石となり、積まれ積まれて朽《く》ちもせず、ただ闇に捨ておかれるしかない。ふっ、こんなところで無常観を語っても仕方ありませんな」

瓦屋の屋号はどうやら、賽の河原に由来するらしい。

「申しおくれましたが、手前は主人の清兵衛《せいべえ》にございます。ささ、どうぞお気楽に」

おそでともども、中庭のみえる奥座敷に招じられた。

しばらくすると、豪勢な仕出しの膳が運ばれてくる。

「さ、ご遠慮なされますな」

おそでの顔をみると、食べたそうにしている。

生まれてこの方、口にしたこともない馳走《ちそう》なのだ。

これも何かの縁と割りきり、虎之介は相伴《しょうばん》にあずかることにした。

「されば、遠慮なく」

「どうぞ、どうぞ。それにしても助かりました。常吉は四十五を過ぎてできた子、目に入れても痛くはありません。女房は廓《くるわ》あがりの贅沢者《ぜいたくもの》、子育てもまともにできやしない。腹は立てども、そこは惚《ほ》れた弱味、まともに叱ることもできません。何はともあれ、常吉が無事でよかった。近頃は物騒な世の中になりました。商人の子をさらって強請《ゆすり》をかける輩《やから》が後をたちません」

「ございました。そのときも、ご親切な方々にお助けいただき事なきを得ましたが、賊は逃がしてしまいました。本日と同様、食い詰めた浪人者です。どうせ、端金《はしたがね》で雇われた野良犬でしょう。雇った者が本物の悪党なのです」

「もしや、以前にも」

「何か、心当たりでも」

「いいえ、まったく。あれば、御奉行所に訴えでておりますよ。何ゆえ、この瓦屋清兵衛を狙うのか、皆目、わかりませぬ。敢《あ》えて申せば、手前が門前界隈《かいわい》の町役人《ちょうやくにん》をつとめさせていただいているからでしょうか」

町の顔役でもある町役人ならば、蔵に金が有り余っていると目されても仕方ない。

「ふっ、暗いはなしはやめにしましょう。さ、こちらへ」

清兵衛は立ちあがり、ふたりを隣部屋に差しまねいた。

「今日は重陽の節句にござりますれば」

にやりと笑い、ふたりに小さな巾着《きんちゃく》を手渡す。

「福袋ではありませぬぞ。なかをご覧くだされ」

覗いてみると、果実が詰まっていた。

「茱萸《ぐみ》にございます。さ、こちらへ」

部屋の隅には階段があり、登ってゆくと屋根裏部屋に出た。

さらに、天窓には梯子《はしご》が掛かっており、そちらは物干し台に通じている。

物干し台には、ふた抱えほどもある天水桶《てんすいおけ》がしつらえてあり、蓋《ふた》のうえには手桶と盃が三つ用意されていた。

「ささ、こちらにお座りくだされ」

言われたとおり、虎之介とおそでは空樽《あきだる》に並んで座る。

「空が低く感じられませぬか」

「はあ、そうですね」

「唐土《もろこし》に登高《とうこう》なる風習がございましてな。茱萸を詰めた袋を腰に提げて高いところに登り、親しい者同士で酒を呑みかわせば、福徳円満《ふくとくえんまん》と不老長寿の御利益をさずかるそうです」

「登高の風習なら存じておりますよ。書物で読んだことがある」

「それはそれは、お若いのにお偉い。勉強熱心でいらっしゃる。ほうら、手桶のなかを覗いてみなされ」

「酒ですね」

酒の表面には、菊の花が何枚か浮かんでいる。

「ふふ、菊酒にございますよ」

清兵衛は柄杓《ひしゃく》で酒を掬《すく》い、盃に注いでくれた。

おそでも調子に乗って盃に口を付け、ぽっと頬を紅く染める。

三人はすっかり打ち解け、良い気分になり、しばらく和気藹々《わきあいあい》と歓談したあと、梯子と階段を降りて座敷に戻った。

「重陽の節句が過ぎれば、こんどは天下祭《てんかまつ》りにございますな」

「神田祭りですか」

神田や日本橋の氏子《うじこ》が何十台もの山車《だし》や神輿《みこし》を担ぎだし、華やかに大路を練り歩く。山車や神輿は千代田《ちよだ》の城内にも渡り、公方《くぼう》さまの上覧にあずかるところから、天下祭りの名称を冠されていた。

ただし、祭りに参加できるのは町屋の有力者をはじめとする氏子たちにかぎられ、沿道で見物するにも高額の観覧料を必要とした。

裏長屋に住む貧乏人たちは、まともに観ることもできない祭りなのだ。

「よろしければ、お席をご用意申しあげましょう」

「え」

「御城内は無理でも、伝手《つて》がございますれば、できるだけ良いお席を」

「嬉しい」

おそでは、ぱっと顔を輝かせた。

一生に一度でよいから、大路のかぶりつきで山車や神輿を観てみたい。

「それが夢だったの」

夢と言えば、おまつもまったく同様の台詞《せりふ》を漏らしていた。

「おまつさまも」

「ああ、そうだ」

「いっしょに観られたら、これほど楽しいことはないのに」

おそでのつぶやきを聞き、清兵衛はにっこり微笑《ほほえ》んだ。

「お望みなら、親しいお方のぶんもお取りいたしましょう」

「え、ほんとうに」

「嘘《うそ》は申しません」

「でも、おまつさまにはご亭主と娘さんがふたりおられます」

「かまいませんよ」

清兵衛は、ぽんと胸を叩いた。

「六人ぶんの枡席《ますせき》ですな。お任せあれ」

何やら、はなしが大きくなってきた。

おその顔は、嬉しさではちきれんばかりだ。

「困ったやつだな」

対価を得ようとして、芥子坊を助けたわけではない。

虎之介は少しばかり、居心地のわるさを感じていた。

三

清兵衛の言うとおり、翌日から江戸の市中が何やら、ざわめきはじめた。月中《つきなか》に催される天下祭りに向け、氏子たちは準備に余念がない。山車を引いたり神輿を担ぐ氏子たちは、そわそわしている。なかには、娘を岡場所に売ってまで一張羅《いっちょうら》の晴着を求める出職《でしょく》もいると聞いた。祭りに賭ける江戸者の意気込みたるや、凄まじい。

そうしたなか、虎之介は照降町《てりふりちょう》までやってきた。

魚河岸《うおがし》のすぐそばなので、潮の香がただよっている。

行く先は甚五郎《じんごろう》長屋の隅、浅間三左衛門のところだ。

ずだ。

稼ぎ手のおまつは留守でも、三左衛門はたいてい家にいる。よちよち歩きの愛娘《まなむすめ》をあやしながら、傘貼《かさは》りや楊枝削《ようじけず》りに精を出しているはずだ。

虎之介は、暇潰しにちょくちょく長屋を訪れていた。三左衛門を眺めていると、気分が落ちついてくる。ときには、小太刀の奥義《おうぎ》を教わることもあった。

ぼさぼさの頭髪に無精髭《ぶしょうひげ》、よれよれの着流しを纏《まと》った貧相なからだつき、暢気《のんき》そうな顔つきからは想像もつかぬが、三左衛門は富田流《とだりゅう》小太刀の達人なのだ。

どぶ板を踏んで奥へすすむと、井戸端に三左衛門のすがたをみつけた。

「おられたな」

眠ったおきちを負ぶい、肌着をごしごし洗っている。

虎之介にとっては、いつもの見馴れた光景であった。

三左衛門は洗濯もするし、三度の飯もつくる。裁縫《さいほう》は苦手だが、継ぎ当て程度のことはお茶の子さいさいらしい。

武士らしくもないと当初はおもったが、虎之介は三左衛門本人に諭された。

「稼げぬ者は子守りをやり、家事をこなす。武士だろうが男だろうが、あたりまえのことだ。馴れてみると、存外に楽しいぞ」

屈託のない四十男の笑顔がみたくなり、こうして足繁《あししげ》く通ってくるのかもしれない。

「浅間さま」

「おう、来たか」

「おきちどのは昼寝ですか」

「たいがいのことでは起きぬぞ」

「寝る子は育つと申しますからな。あの、これ」

「土産《みやげ》か。めずらしいな」

「大久保主水《おおくぼもんと》の練り羊羹《ようかん》です」

「お、ほほ。おまつとおすずが泣いて喜ぶぞ。しかし、そのような高価な菓子をどうしたのだ」

「駒込の仏壇屋から頂戴《ちょうだい》しました」

「仏壇屋」

「瓦屋と申します」

昨日の経緯を喋って聞かせると、三左衛門は感じ入ったように頷《うなず》いた。

「妙な縁だな」

「え、何がです」

「瓦屋ってのは、よく聞く屋号でな。内儀は廓あがりの我《わ》が儘《まま》なおなごで、気に入った反物《たんもの》や呉服があれば片端から買いあさるのだとか。じつはな、おすずが奉公する呉服屋の上客なのさ」

「そう言えば、おそでが大観音を拝みながらそんなことを。合点《がてん》がいきました」

「ふむ」

「浅間さん、じつは、おまつさまにお伝え願いたいことがございます」

「何だよ、あらたまって」

「瓦屋の主人が祭り見物の席を取ってくれるそうです。六人用の枡席ですから、みなさんもごいっしょに」

「それはそれは。おまつは根っからの祭り好きだからな、喜びすぎて狂っちまうかもしれん」

三左衛門はひとしきり笑い、真顔に戻った。

「それはそうと、昨日、藪本源右衛門《やぶもとげんえもん》どのがみえられたぞ」

「え、叔父上が」

「おぬしが仕送りを受けとらぬので、案じておられたわ」

「余計なことを」

「わしが口を挟むことではないが、たまには叔父御の顔も立ててやらぬとな」

「はあ」

「しかし、仕送りも受けとらずに、どうやって過ごしておるのだ。食わず貧楽高《ひんらくたか》枕《まくら》を気取っても、腹が減ってはいくさもできまい」

「ご心配にはおよびませぬ」

強がりを吐いたものの、銭金には少々困っている。

だが、口が裂けても弱音は吐くまいと、心に決めていた。

「では、浅間さま」

「もう、行くのか」

「ええ、また寄らせていただきます」

「そうか。枡席、ありがとうな」

「何のこれしき」

ぺこりとお辞儀をした途端、腹の虫がぐうっと鳴いた。

「ふふ、飯でも食ってくか」

「いいえ、けっこうです」

「やせ我慢はするなよ」

「野暮用《やぼよう》がありますので、今日はこれで」

「さようか。ま、引きとめはすまい」

三左衛門はにっと笑い、また洗濯をやりはじめた。

嬶《かか》ァどもがぞろぞろあらわれ、世間話をしながら洗濯をしだす。

虎之介は照降長屋を後にしたその足で、馬喰町《ばくろちょう》の口入屋《くちいれや》に向かった。

四

日本橋でもっとも大きな口入屋は、馬喰町の公事宿《くじやど》街にある。

踏みこんでみると、熱気は去ったあとで、うらぶれた連中が手持ち無沙汰《ぶさた》の体《てい》でうろついていた。なかには、月代《さかやき》を伸ばした浪人者もおり、みな、充血した眸子で食い扶持《ぶち》を探している。

「もう仕舞いだぜ。昼過ぎに来ても口はねえ」

若い衆が大声を張りあげ、しっしっとやる。

虎之介は詮方なく、口入屋を後にしかけた。

と、そこに。

地廻《じまわ》りたちの怒声が聞こえてきた。

「こら、野良犬。臭《くせ》え息を吐きかけやがって」

哀れな浪人者が大勢に囲まれ、難癖《なんくせ》を付けられている。

「おや」

虎之介は顎《あご》を突きだした。

まちがいない。光源寺の境内で常吉をさらった浪人だ。

「おい、待て。多勢《たぜい》に無勢《ぶぜい》は卑怯《ひきょう》だぞ」

大股で近づき、刀の柄《つか》に手を添える。

「なんでえ、若《わけ》えの。文句あんのか」

「文句はない」

「しゃしゃり出てくるんじゃねえ」

「そうはいかぬ。どうにも、むしゃくしゃしてな、半端者を二、三人、ぶった斬ってやりたい気分なのさ」

「あんだと、この」

兄貴格らしき鬢《びん》の長い男が、懐中《かいちゅう》に手を突っこむ。

「匕首《あいくち》を抜いたら、痛い目にあうぞ」

「しゃらくせえ」

鬢長は抜いた。

刹那《せつな》、虎之介は脇差を鞘《さや》ごと抜き、匕首を払いのけた。

そして身を捻り、鞘の鐺《こじり》で相手の手甲を叩く。

「ぎぇっ」

鬢長は砕かれた手甲を胸に抱え、その場に蹲《うずくま》った。

ほかの連中は、一歩後ずさる。

「さあ、こいつを連れて去れ。でないと、首を飛ばすぞ」

脅しが効いて、地廻りの半端者たちはいなくなった。

「す、すまぬ、助かった」

浪人者は米搗《こめつ》き飛蝗《ばった》のように、ぺこぺこと頭を下げた。

どうやら、こちらの顔を覚えていないらしい。

「おぬし、若いな。銭はあるか」

出しぬけに、ふざけた口を叩く。

虎之介は仕方なく、袖をまさぐった。

「安酒なら、三合ほど呑めるかもな」

「充分だ、行こう」

袖を引かれ、外へ連れだされた。

行き先は、一本裏手の縄暖簾《なわのれん》だ。

「さあ、呑もう。お近づきのしるしだ」

浪人はそう言い、床几《しょうぎ》にどっかと座った。

「親爺《おやじ》、酒だ」

酒よりも飯を食いたかったが、相手は年上なので我慢する。

こうした律義さが、自分でも歯痒《はがゆ》い。

「へい、おまち」

ちろりと盃がふたつ、運ばれてきた。

肴《さかな》は茄子《なす》の糠漬《ぬかづ》けだ。

「では」

浪人はちろりをかたむけ、なみなみと酒を注ぐ。

尖らせた口を盃のほうへもってゆき、すっとかたむけた。

虎之介も盃を干し、殊勝《しゅしょう》にも注いでやる。

「おっと、すまぬ。わしは渡忠右衛門《わたりちゆうえもん》だ。おぬしは」

「天童虎之介」

「虎か、ふっ、どうりで。おぬしには、対峙《たいじ》する相手を竦みあがらせる気迫がある。生国《しようごく》は」

「会津」

「元陪臣《ばいしん》か」

「ええ、まあ」

「わしもな、伊達家《だてけ》に仕えておった元陪臣よ。五年前、拠所なき事情から藩を捨て、妻子も捨て、ひとりで江戸へ出てきた。ところが、ご覧のとおり、すっかり落ちぶれた。田舎者に江戸の水は合わぬ。されどな、今さら帰るところもない。これでも三十のなかばよ、十《とお》は老けてみえよう。いや、いいのだ。正直に頷くがよい」

虎之介は頷きながら、ちろりをかたむけた。

「このところは景気がわるすぎる。口入屋を巡っても良い稼ぎにありつけぬ。料理屋の薪割《まきわ》りから肥担桶《こえたご》かつぎまでやったが、酒を二合も呑めば稼ぎは消えてなくなる。そうした日々を送っていたところ、ある者の取りなしで稼ぎの良い口にありついた。されど、肝心なところでしくじってな、一銭にもならなんだ。ま、あまり気乗りせぬ仕事ゆえ、しくじって良かったかもな」

稼ぎの良い口とは勾引《かどわかし》だなと、虎之介は察した。

「うまくゆけば、三両にはなった。どうだ、わるくあるまい」

「何をやらされたのです」

空惚《そらっとぼ》けた顔で訊《き》いてみる。

「そいつは教えられぬ」

「ならば、稼ぎ口を取りなした者とは」

「女さ」

「女」

「ああ。口入屋の外で声を掛けられてな」

虎之介は膝を乗りだす。

「どこに行けば、その女に会えるのですか」

「おぬし、連絡《つなぎ》を取りたいのか」

「ええ、できれば」

「よかろう、おぬしは命の恩人だ。教えてつかわす」

渡は酌を強要し、なみなみと注がれた盃をかぽんと空けた。

「女の名はおよう、神田黒門町《かんだくろもんちよう》の楊弓場《ようきゆうば》を訪ねてみろ」

「楊弓場の屋号は」

「弁天屋《べんてんや》。二階は待合《まちあい》でな、行ってみりゃすぐにわかるさ。ただし、稼ぎにありつけるかどうかはわからぬぞ。何せ、およう は疑り深い女だからな」

渡は空になったちろりをぶらぶらさせ、酒の追加を注文した。

「待ってください、もう銭はありませんよ」

「かまわぬさ。呑みたおしてから、さっさと逃げりゃいい。こうみえても、逃げ足は速いのだぞ」

これ以上、付き合いきれぬ。

虎之介は小銭を残らず床几に置き、やおら腰をあげた。

「ふん、行くのか。付き合いのわるいやつめ。弁天屋に行ったら、おようによろしくな。今いちど機会を与えてくれるなら、どのような汚い手を使ってでも依頼を成《な》し遂《と》げてみせるとな、そう、伝えてくれ」

虎之介は返事もせず、縄暖簾から抜けだした。

「許せぬな」

持ち前の正義感が、めらめらと燃えあがってきた。

事情はどうあれ、幼子を拐《かどわ》かす行為は許しがたい。

食いつめ者の弱さに付けこむ手法も気に食わない。

虎之介は憤りを抑えこみ、一路、神田黒門町に向かった。

五

神田黒門町は日本橋からつづく中山道の裏手、馬《うま》ノ鞍横町《くらよこちょう》に面している。

弓の的を看板替わりに吊した「弁天屋」は、苦もなくみつかった。

踏みこんでみると内は薄暗く、客もいない。それどころか人の気配すらなく、閑散としたものだった。

「ごめん、誰かおらぬか」

声を張りあげ、しばらく様子を窺う。

すると、ぎぎっと床の軋《きし》む音が聞こえ、隅っこの階段から、ほっそりした白い脚が降りてきた。

つづいて、妖《あや》しげな細面《ほそおもて》の女があらわれた。

およそであろうか。

「おまえさん、誰だい」

鼻にかかった声で糺《ただ》され、虎之介は生唾《なまつば》を呑んだ。

「すまぬが、稼ぎ口を探しておってな」

「ここは楊弓場だよ。お門違いじゃないのかい」

女は貝髷《ばいまげ》に結った髪に、横櫛《よこぐし》をぐさりと挿《さ》している。

纏う着物は千筋《せんすじ》の単衣《ひとえ》、襟元《えりもと》からは鮮やかな朱色の中着が覗いていた。

「おようさんだろう」

「おや、あたしの名をご存じなのかい」

「渡忠右衛門という浪人者に聞いてな」

「渡忠……あ、おもいだした。ろくでなしの役立たず」

おようは笹色紅《ささいろべに》の唇《くち》もとを弛《ゆる》め、声を出さずに笑った。

「おまえさん、あいつと親しいのかい」

「馬喰町の口入屋で知りあってな。弁天屋のおようさんを訪ねれば、稼ぎの良い口をまわしてくれると聞いた」

「ふん、目のよるところへは玉もよるっていうからね、どうせ、おまえさんも同じ穴の狢《むじな》なんだろう」

「狢より多少はできるぞ」

「お強いのかい。だったら、みせてもらおうかね。銀次《ぎんじ》」

奥に呼びかけると、重々しい声が返ってきた。

「へえい」

ぬっと顔を出したのは、海坊主《うみぼうず》のような巨漢だ。

「ちょっと前までは、大名お抱えの力士だった男さ。おつむを怪我しちまってね、たいがいのことは覚えちゃいないけど、ぶちかましだけは忘れちゃいないよ。こいつに掛かれば、羆《ひぐま》でも太刀打ちできないだろうさ。おまえさん、尻尾《しっぽ》を巻いて逃げるんなら、今のうちだよ」

「ふっ、おもしろい」

「笑ったね。あとで吠え面かくんじゃないよ。さあ、銀次、遠慮はいらない。痛めつけておやり」

「ぬごっ」

銀次は禿頭《はげあたま》を真っ赤に染め、猪《いのしし》のように突進してくる。

虎之介は敷居脇の壁を背にして身構え、じっと動かない。

「ぐおお」

銀次は土間に飛びおり、頭から突っこんできた。
虎之介はひらりと躱し、袖を振りながら反転する。
大音響ともども、漆喰《しっくい》の壁が粉々になった。
銀次は痛そうな顔ひとつせず、野太い首を捻りかえす。
そこへ、虎之介の拳《こぶし》が飛んだ。
「ふおっ」
拳は、石のような顎を掠《かす》めた。
つぎの瞬間、巨漢の膝がすとんと抜けおちた。
頭の殻は堅くとも、中味は豆腐といっしょだ。
豆腐が揺れた途端、意識もすっ飛んでしまったのだ。
羆は鮪《まぐろ》となって土間に俯《うつぶ》し、ぴくりとも動かない。
「けっ、木偶《でく》の坊《ぼう》め」
おようが吐きすてた。
――ぎりっ、ぎりっ。
禍々《まがまが》しい音が聞こえてくる。
おようは楊弓に矢を番《つが》え、弦《つる》を引きしぼっていた。

「覚悟おし」

　びゅんと弦音が響き、鼻先に鏃《やじり》が飛んでくる。

「せいっ」

　白刃一閃、虎之介は矢を叩きおとした。

　おようの咽喉《のど》が波打ち、観念したように吐息が漏れる。

　突如、別の気配が立った。

「誰だ、そこにおるのは」

　虎之介は、八相《はっそう》に身構える。

　行燈《あんどん》の灯がともり、目つきの鋭い小男が太鼓《たいこ》の陰からあらわれた。

「へへ、こいつは拾いもんだぜ」

　鬢に霜《しも》の混じった男は背を丸め、おようのそばに寄ってくる。

　肩を並べてみると、ふたりは父娘ほども年の差があった。

「おれは藤八《とうはち》ってもんだ。おようの父親代わりさ。もっとも、こいつは移り気な女でな、今ひとつ信用できねえ。おめえ、名は」

「天童虎之介」

「まだ若えな」

「故あって藩を逐われた身さ」

「生国は」

「会津だ」

「およう、聞いたか。奇遇だぜ。おれさまの生国は米沢《よねざわ》よ」

「近いな」

「それだけの腕を腐らせておく手はねえ。よし、雇ってやろうじゃねえか」

藤八に顎をしゃくられ、およう は懐手《ふところで》で近づいてくる。

「あたしゃ、あんたを信用したわけじゃない」

千筋の袖口から、小判を一枚摘みだした。

「ほら、くれてやるよ。海老床《えびどこ》でも行って、さっぱりするんだね」

「ありがたい」

虎之介は、手渡された小判を指で弄《もてあそ》んだ。

気を失っていた巨漢が、もぞもぞと動きだす。

「まったく、情けないったらありゃしないね」

およう は裾を捲《まく》って土間に飛びおり、足の裏で銀次の頭を踏みつける。

「海坊主め、それでも弁天屋の用心棒かい」

小気味良い啖呵《たんか》を背にし、虎之介は去りかけた。

「待ちな。その一両、持ち逃げは無しだぜ」

藤八が言った。

「明日の暮れ六つ、ここに来てくれ。おめえさんに頼みてえ仕事がある。その金は前渡し金だ。うまくやってくれりゃ、残りのぶんも弾むぜ」

「何をやらせる気だ」

「そいつは来てからのお楽しみだ。稼ぎの良い仕事をまわしてやる、ふへへへ」

虎之介は黙って頷き、旋風《つむじかぜ》の吹きぬける露地裏に踏みだした。

六

鎌倉河岸の長屋に戻ると、おそでがぽつんと待っていた。

「どうした」

「瓦屋さんの旦那がね、あらためてお礼をしたいんだって。今晩、駒込まで訪ねてきてほしいそうよ」

「何て応えた」

「わかりましたって」

「図々しいやつだな」

「お断りするのも失礼でしょ」

じっとみつめられ、虎之介は観念する。

「よし、行こう」

「わたしもいいの」

「そのつもりなんだろう」

「うん」

おそでは身支度を整えるべく、隣部屋に駆けこんでいった。

裏長屋を出たときは申《さる》ノ七つ半（午後五時）をまわっていたので、光源寺の門前にたどりつくころにはすっかり日も暮れていた。

仏具屋の軒行燈が風に揺れ、鬼火のようにみえる。

「何だか、薄気味悪いわ」

おそでは身を寄せ、袂《たもと》を握ってきた。

「案ずるな」

敷居をまたぐと、顔見知りの番頭が帳場で待ちかまえており、奥座敷にはもてなしの膳も用意されている。

「じつは、持病の癪《しやく》が出まして、少しばかり休んでおります」

「ご主人は」

「だいじないのか」

「いつものことでして、小半刻もすればおさまります。ご安心を。ささ、どうぞ、さきにおはじめください」

「そういうわけにもまいらぬ。ときをあらためよう」

「困ります。せっかく、遠いところをご足労いただいたのに、このままお帰ししたとあっては、手前が主人に叱られます」

「それなら、病床を見舞わせていただこうか」

言ったそばから、隣部屋に人の気配が立った。

番頭が襖《ふすま》を開けると、蒼褪《あおざ》めた顔の清兵衛がはいってくる。

「天童さま、見舞いにはおよびませぬぞ。このとおり、快復いたしました。さあ、心おきなくお楽しみを。おそでどのも、そこにお座りなされ」

促されるがまま、虎之介は上等な下り酒を呑み、豪勢な料理に箸も付けたが、あまり楽しい宴ではない。

おそでも同様に感じ、帰りたさそうにしていた。

「部屋はいくらでもございますから、泊まっておいきなされ」

「そういうわけにもまいらぬ」

「無理にお引き留めはいたしませんよ。あ、そういえば、良いお席が取れそうです」

「え」

「天下祭りですよ」

「おう、それはどうも」

「ちゃんと決まりましたら、使いをやりましょう」

「恐縮いたします」

「何の、天童さまは常吉の命を救ってくだすった大恩人、これしきのことでは手前の気持ちがおさまりませぬ。何かお困りのことがあれば、仰《おっしゃ》ってください」

「かたじけない」

「何か、ござりますか」

「いや、今のところは」

　暮らし向きが厳しいので、金を貸してほしいとも言えない。

「手前は天童さまが気に入りました。お若いのに、しっかりしておられる。ほれ、おなごが役者に惚れる気持ち、あれに似かよった心情かもしれませぬ。男惚れしたとでも申しましょうか」

「はあ、それはどうも」

褒《ほ》められて嬉しいというよりも、少しばかり警戒心がはたらいた。

「使いの者がご近所の噂を小耳に挟んでまいりましてな、天童さまは会津では名の知られた剣客でいらしたとか」

それを知る者は、大家の善助《ぜんすけ》しかいないはずだ。

素姓をほじくられ、あまりよい気がしない。

「お怒りなされますな。その若さで、あれだけの胆力と剣の腕をみせられたら、誰であっても興味がわきます。手前は少しばかり、武道に興味がござってな。会津にはたしか、溝口派一刀流《みぞぐちはいっとうりゅう》、真天流《しんてんりゅう》、安光流《やすみつりゅう》、太子流《たいしりゅう》、神道精武流《しんとうしょうぶりゅう》の五流がありましたな」

「これは驚いた。そこまで知る商人は、そうはおらぬ」

「ふふ、付け焼き刃にござりますよ。天童さまはどの流派を」

「真天流です」

「なるほど、同流の秘技と申せば蜘蛛足《くもあし》と満字剣《まんじけん》、ちがいますか」

「仰るとおりだが」

「ふふ、これも聞きかじっただけのこと。肝心の中味は、皆目わからない。どうです、一手ご教授願えませぬか」

「口で説いてもわかるまい」

「それはそうでしょうけど」

是非にと請われ、酒の勢いも手伝ってか、虎之介は差し障《さわ》りのない範囲で説明してやった。

「いずれも、相手を一刀のもとに斃《たお》す隠し技です。蜘蛛足の蜘蛛は空に浮かぶ雲に通じ、満字剣の満字は仏像の胸に刻む卍《まんじ》に通じる。相手の虚を衝き、考える暇を与えぬのです。それ以上は申しあげられぬ」

「さようですか。いや、含蓄《がんちく》のあるおはなしを聞かせてもらいました。何やらこう、身の引きしまるおもいですな」

適当にはなしを合わせているのでもなさそうだ。目の輝きをみればわかる。

一介の商人がなぜ、剣術の秘技に興味を抱くのだろうか。

気づいてみれば、暇乞《いとまご》いをする刻限になっていた。

「されば、そろそろ」

「お帰りになられますか」

「はい」

「近々にお声を掛けさせてもらいましょう。そのときは、おそでさんも是非また
ごいっしょに。さ、これを」

土産に手渡されたのは、大久保主水の練り羊羹であった。

虎之介とおそでは恐縮しながら、瓦屋を後にした。

七

木戸の閉まる時刻も近づき、往来は闇に包まれている。

ふたりは月明かりに照らされながら、帰路をたどった。

「あっ、忘れ物」

おそでが叫んだ。

「お土産にいただいた羊羹を忘れてきちゃった」

「どこに」

「下足箱の脇」

「あきらめるか」

「大久保主水だよ」

「戻らねばなるまいか」

くるっと踵《きびす》を返し、瓦屋の表口に向かう。

すると、壁際に法仙寺《ほうせんじ》駕籠《かご》が一挺《いっちょう》待っていた。

提灯《ちょうちん》を手にした番頭があらわれ、清兵衛が背後からつづく。

「あ、旦那だ」

おもわず、ふたりは足を止めた。

「今時分からお出掛けか」

駕籠はふわりともちあがり、大路の向こうに遠ざかってゆく。

「おそで、ちと店のなかで待っておれ」

「虎之介さまは」

「駕籠を追う」

「どうして」

理由などわからない。追わねばならぬ気がしたのだ。

「ともかく、待っておれ」

膨《ふく》れ面《つら》のおそでを残し、かぼそい提灯の炎を追いかけた。

このまま北へすすめば、千駄木の団子坂にたどりつく。
駕籠はのんびりとすすみ、長い坂道を下りはじめた。
葦簀《よしずば》張りの小屋は跡形もなく消え、無数に散った菊花も片づけられた。
物淋しい坂道を下りてゆけば、富籤《とみくじ》で知られる感応寺《かんのうじ》に行きあたるはずだ。
いったい、どこに行くのだろう。
首をかしげながら、股立《ももだ》ちを取って駆ける。
と、そこに。
凄まじい悲鳴が聞こえてきた。
「すわっ」
急いで駆けよせると、坂の途中で駕籠が横倒しになっている。
ふたつに断たれた提灯が燃えており、血達磨《ちだるま》になった屍骸《むくろ》がひとつ転がっていた。
「番頭か」
まちがいない。
首筋を斬られている。
夜盗に襲われたのか。

駕籠かきは、ふたりともいない。
虎之介は鯉口《こいぐち》を切り、清兵衛を探した。
「ぬひぇ……っ」
坂下の笹藪《ささやぶ》から、男の悲鳴が聞こえてくる。
虎之介は坂道を駆けおり、笹藪に踏みこんだ。
「ぎゃっ」
またひとつ、悲鳴があがる。
木陰から窺ってみると、黒い影がざっと斃れたところだ。
三人の浪人が刀を青眼に構え、ひとりの相手を狙っている。
狙われているのは、清兵衛であった。
動じる様子もなく、刀を握っている。
二尺五寸ほどの刀には、血が滴《したた》っていた。
清兵衛の手で、ふたりの賊は斬られたのだ。
虎之介は身じろぎもせず、木陰から様子を窺った。
目を凝《こ》らしてみると、三人の背後にもうひとり、柿渋装束《かきしぶしょうぞく》の男が控えている。
覆面《ふくめん》をしているので、正体はわからない。小柄な男だ。どこかで逢ったことがある。

清兵衛は手にした刀を抛《ほう》り、屍骸のそばに転がった別の刀を拾いあげた。

さらに何をおもったか、屍骸の腰帯から黒鞘を抜き、自分の帯に差した。

「こいつも鈍刀《なまくら》だが、さっきのよりはましだ」

と、うそぶきつつ、刀を黒鞘に納める。

どうやら、奪った刀で闘っているらしい。

「死ね」

浪人のひとりが、中段から突きにでた。

清兵衛は易々《やすやす》と躱し、瞬時にして抜刀する。

「へや……っ」

気合一声、大上段から斬りさげた。

「ぬぎゃ……っ」

浪人は眉間《みけん》を裂かれ、どうっと後ろに斃れた。

「ん」

虎之介は瞠目《どうもく》した。

清兵衛が使った居合技は、真天流の「満字剣」に酷似《こくじ》している。

剣鬼斎藤伝鬼房《さいとうでんきぼう》の天流より伝わる一撃必殺の天狗落《てんぐお》とし、これを居合技に転用した会得《えとく》困難な奥義にほかならない。

目の錯覚であろうか。

いずれにしろ、そうとうに勁《つよ》い。

剣をしっかり学んだ者の物腰だ。

「くりゃ……っ」

無謀にも、残った浪人ふたりが斬りこんでいった。

清兵衛はいちど鞘に納めた刀を抜き、一刀でふたりの脾腹《ひばら》を剔《えぐ》ってみせた。

もはや、助っ人は要《い》らぬ。

清兵衛は何食わぬ顔で、五人の刺客を斃したのだ。

対峙するのは、柿渋装束の男だけになった。

「てめえ、何者だ」

と、清兵衛が口を開いた。

平常とは打って変わり、伝法《でんぼう》な口調だ。

頭巾《ずきん》男は怯《ひる》まず、含み笑いをしてみせる。

「地金を出しやがったな。善人の皮をかぶっても、てめえの正体は割れてるぜ。

え、盗賊かもめの清吉《せいきち》さんよう」

「知らねえなあ、そんな野郎は」

「とぼけるんじゃねえ」

「ふん、頭巾野郎め。狙いは何だ、何が欲しい」

「欲しいのは、てめえの命さ」

「ほう、恨みでもあんのか」

「自分の胸に手え当てて、ようく考えてみな。てめえは他人様《ひとさま》のお宝を横から掠めとる小汚ねえ野郎だ。哀れな海鳥《うみどり》を追いかけまわし、餌《えさ》を吐きださせて奪いとる。盗賊かもめの異名で呼ばれる盗人《ぬすっと》のことを、闇の世で知らねえ者はいねえ。ただし、そいつの正体はずうっと謎でな、まさか、仏具屋の旦那に化けていようとは、お天道様《てんとうさま》でも気がつかねえだろうさ。てめえの命を獲《と》ってやったら、喜ぶやつは大勢いるぜ」

　頭巾頭の説明に、清兵衛は溜息を吐いた。

「盗賊かもめはな、もう何年もめえに足を洗ったんだぜ」

「へへ、わかっているさ。お偉い町役人になりすまし、のうのうと暮らしてやがるんだろう。てめえの素姓を探しあてるまで、ずいぶん骨を折っちまったぜ」

「常吉を拐かそうとしたのも、おめえか」

「そうだよ。あんなのは脅しにすぎねえ」

「子供には手を出すな。こんどやったら、地獄の底まで追いつめてやる」

「おお、恐っ。悪党の本領発揮というわけかい。ま、今夜のところは見逃してやろう。へへ、おめえはもう、枕を高くしちゃ眠れねえ。外に出たらな、二六時中、背中を狙われているってことを忘れんなよ」

頭巾男は吐きすて、つぎの瞬間、闇に溶けてなくなった。

清兵衛はふうっと息を吐き、腹を押さえてその場に蹲る。

持病の癪が出たのだろうか。

それにしても、瓦屋清兵衛という男、いったい何者であろう。

頭巾男が言ったように、盗賊かもめと呼ばれる悪党なのだろうか。

真天流の秘技に似た技を使う点も気に掛かる。

そもそも、こんな夜更けにどこへ行こうとしていたのか。

さまざまな問いが鎌首《かまくび》をもたげ、胸の裡《うち》でとぐろを巻きはじめた。

混乱しかけた頭であれこれ考えても、徒労に終わるだけだ。

虎之介は気づかれぬように、木陰からそっと離れた。

八

翌朝、浅間三左衛門がめずらしく、鎌倉河岸の長屋を訪ねてきた。

継竿《つぎざお》と魚籠《びく》を提げているので、釣りの誘いだとすぐにわかる。

「一石橋《いちこくばし》から百文舟を仕立て、箱崎《はこざき》のさきまで行こうとおもう」

「あやめ河岸の沖ですね」

「狙いは、鯊《はぜ》よ」

「もう、出ておりますか」

「昨晩、知りあいに釣果《ちょうか》を自慢されてな」

「居ても立ってもいられなくなった」

「そういうことだ」

「まいりましょう」

ふたりは肩を並べ、裏木戸を抜けた。

濠端《ほりばた》を歩き、竜閑橋《りゅうかんばし》を渡る。

一石橋までなら、四、五町はあろう。

右手には深い碧《みどり》の水を湛えた濠がつづき、千代田城は朝靄《あさもや》に沈んでいる。

鴫《しぎ》がときおり「ぎゃっ」と、驚くような声で鳴いた。

「お訪ねしようとおもっておりました」

「ふうん、祭りの席でも取れたのかい」

「ええ、まあ」

「浮かぬ面だな」

「はあ」

三左衛門は足を止め、顔を覗きこんでくる。

虎之介は、辛そうに吐きすてた。

「どうやら、厄介《やっかい》な相手と関わってしまったようです」

「ほう、そいつは誰だい」

「瓦屋清兵衛」

「仏壇屋か」

団子坂での一部始終をはなすと、三左衛門は黙って歩きはじめた。

しばらくすすむと、一石橋のたもとにある桟橋《さんばし》にたどりついた。

客待ちの小舟が一艘《いっそう》浮かんでいる。

「とにかく、乗ろう」

「はあ」

三左衛門は船頭と交渉し、船賃を安くさせた。

「半日で二百文だそうだ。詮方あるまい」

ふたりが乗りこむと、小舟は静かに桟橋を離れてゆく。

すぐそばの日本橋や江戸橋《えどばし》には河岸が集まっているので、行き交う舟や艀《はしけ》も多い。

小舟の揺れを気にしながら、三左衛門は喋りかけてきた。

「盗賊かもめか。それがまことなら、明日の瓦版《かわらばん》のネタは瓦屋清兵衛できまりだな」

「浅間さまは、お信じになりますか」

「善人面をした悪党なら、いくらでもいる。でも、町役人が盗人だったってはなしは聞いたことがないな」

「でしょう。しかも、清兵衛は真天流の奥義を会得しております」

「奥義とは、蜘蛛足のことかい」

「満字剣のほうです。真天流は会津藩のお留流《とめりゅう》、しかも、奥義を知る者となればかぎられてくる。もしかしたら、実家と関わりのある者かもしれませぬ」

「因縁《いんねん》を感じるわけか」

「ええ、かなり」

「それで、頭巾の男に心当たりは」

「あとでおもいだしました。背恰好から推すと、黒門町の矢場で見掛けた藤八という男ではないかと」

虎之介は、口入屋で出くわした渡の紹介で「弁天屋」におもむいた経緯を喋った。

「ほう、いろいろあったようだな」

小舟は鎧《よろい》の渡しを過ぎ、箱崎を目前にしていた。

船頭は眠そうな顔で、のんびりと櫓《ろ》を操っている。

川面をみつめながら、三左衛門がぽつりと吐いた。

「矢場のやつらは盗人だな。頭巾野郎の口振りから推すと、仏壇屋に恨みのある連中だろう」

「じつは藤八から、稼ぎの良い口があると、誘われておりましてね」

三左衛門は、にやっと笑う。

「行くのか」

「ええ、行ってみようかと」

「盗みの片棒を担がされたら、どうする」

「はて、どうしましょう」

「暢気なやつだな。捕まったら元も子もないぞ」

「そんなへまはやりませんよ」

「まんがいちということもある。八尾さんに相談しておくか」

「相談とは」

「おぬしが盗人の仲間になったふりをして、一味を一網打尽《いちもうだじん》にするつもりだと伝えておくのさ。いざとなりゃ、八尾さんの手柄にすればいい」

「手柄にしていただくのはいっこうに構いませんが、しばらく様子をみてからにしてもらえませんか」

「どうして」

「瓦屋のことが、ちと引っかかるもので」

藤八たちを捕縛《ほばく》すれば、おそらく、清兵衛の罪状も白日の下に晒《さら》される。縄を打たれた清兵衛は、極刑に処せられることだろう。

そうなれば、遺された常吉が可哀相《かわいそう》だ。

「仏壇屋の主人がほんとうに盗賊かもめとかいう盗人だったら、おぬしはどうするつもりだ。まさか、救ってやる気ではなかろうな」

「わかりません」

それが正直な気持ちだ。

小舟は箱崎から、あやめ河岸に向かっていた。

かつて三ツ俣《みまた》と称された沖には葦《あし》が群生しており、優れた釣り場として釣り好きには知られている。

「ま、焦らぬことだな。焦ったら、大物を釣りおとす」

三左衛門は微笑み、継竿をすすっと伸ばしはじめた。

九

釣果もなく、虎之介は昼前には三左衛門と別れ、鎌倉河岸に戻った。

暮れ六つ、虎之介は神田黒門町の「弁天屋」におもむいた。

依頼される仕事の中味もさることながら、確かめたいことがひとつあった。

瓦屋清兵衛を襲った柿渋装束の男、それが藤八なのかどうか、今いちど見極めたい。

楊弓場の敷居をまたぐと、目つきの鋭い浪人が四人ほど集まっていた。

太鼓の脇から鋭い一瞥《いちべつ》を投げるのは、巨漢の銀次である。

「ふん、いけすかねえ野郎が来やがった」

銀次が悪態を吐くと、二階から藤八も降りてきた。

「お、天童さんかい。待っていたぜ。さあ、お宝を手にできるかどうかは、おめえさんたち次第だ」

「お宝」

「そうさ。今宵《こよい》、とある商人の隠し蔵を破る。見込みどおりなら、五千両はくだらねえお宝を目にできる。そいつを奪ってやるのさ。うまくいったら、半分はおめえたちにくれてやるよ」

「ほう」

野良犬どもから、感嘆の声が漏れた。

「ひとりあたま、四、五百両にはなるぜ。どうでえ、命を賭けるだけのことはあんだろうが」

「命を賭けるとは、どういうことだ」

虎之介が顎を突きだす。

「くふふ」

藤八は低く笑った。

「相手も、それなりに備えを講じているってことさ」

「なぜ、わかる」

と、浪人のひとりが聞いた。

「おように探らせたのよ」

「あの矢取女《やとりおんな》にか」

「莫迦《ばか》にしちゃいけねえ。あの女は、さ、さ、さがにのおようと言ってな、隙間がありゃ、どこにだって平気で忍びこむ。隙をみせりゃ、寝首を掻《か》かれちまうぜ。敵にまわしゃ、あれほど恐ろしい女もいねえ」

およう によれば、襲うさきには用心棒が何人か待ちうけているらしい。

「それを承知で、斬りこみをかけるのよ」

「斬りこむさきは、どこだ」

と、別の浪人が顎を突きだす。

「そいつはまだ、教えられねえ」

「われらを信用しておらぬのか」

「くへへ」

藤八はせせら笑い、刃物のような目つきで浪人どもを睨《ね》めまわす。

「おれは、おめえさん方をよく知らねえ。信用しろってほうが無理だろう。だからな、お宝のある場所は、斬りこむ寸前まで教えねえ。そいつが条件だ。降りるんなら、今のうちだぜ」

誰ひとり、声をあげない。

藤八の小柄なからだが、何倍にも大きくみえた。

「任せときな。おれだって、伊達に年を重ねてきたわけじゃねえ。こんどのヤマは一筋縄じゃいかねえが、それだけ見返りは大きいってことさ」

覆面の男にまちがいない。

藤八は首魁《しゅかい》の風格を備えていると、虎之介はおもった。

浪人のひとりが、臆病《おくびょう》な台詞を吐いた。

「先方はそれなりに備えを講じていると言ったな。まんがいち、捕り方に訴えられたら、どうする」

「九割方、それはねえ。だから、狙うのよ」

「どうしてわかる」

「そいつもな、あとで教えてやるよ。さあ、ごちゃごちゃ抜かしてねえで、やるのかやらねえのか、今ここで決めてもらおう」

　重い沈黙が流れ、ひとりが口を開いた。

「やる。わしはやるぞ」

「よし、わしもやる。命を賭けるだけのお宝だ」

　ほかの三人が、口々に同調する。

「どうせ、生きておってもろくなことはない。ここは一発、伸《の》るか反《そ》るかの大勝負に出るしかあるまい」

「へへ、そうこなくっちゃ。さあ、天童さん、あとはおめえさんだけだ。どうするね」

　わずかな沈黙のあと、虎之介は頷いた。

「わかった、乗ろう」

　表情も変えずに応えると、藤八はにやりと笑う。

「裏切りは無しだぜ。じゃ、そろりと行こうか」

　虎之介は促され、重い腰をあげた。

十

十日夜《とおかんや》の月を眺めながら、湯島の居酒屋で待ちつづけた。

道を挟んだ向こうの鬱蒼《うっそう》とした杜《もり》は、神田明神《かんだみょうじん》である。

「祭りまであと五日か」

虎之介はつぶやき、ぐい呑みをかたむけた。

酒はすすまぬ。美味《うま》くもない。

浪人たちはみな、同じ心境らしい。

銀次だけが、蟒蛇《うわばみ》のように呑みつづけている。

おようはあらわれず、藤八もどこかにすがたを消した。

亥《い》ノ刻（午後十時）が近づいたころ、見知った顔の浪人者が縄暖簾を振りわけてきた。

渡忠右衛門である。

「お、いたいた、遅れてすまぬ」

声を掛けられた銀次は、ぺっと唾を吐く。

「最後のひとりってのは、おめえかい」

「そうだよ。おようにだめもとで頼んだら、ここに来いと言われたのさ。わしはどうせ、数合わせなんだろう」

「自分で言うな」

「あっ、おぬし」

渡は虎之介を目敏《めざと》くみつけ、顔をぱっと輝かせた。

「どうしたかと案じておったが、ふふ、うまくやったらしいな」

渡は手酌で呑みながら、勝手にぺらぺら喋りだす。

「おぬしに肝心なことを言い忘れておった。なぜ、わしが金を欲しがるのか。そのところの事情をな。どうだ、聞きたいか」

「いや、結構だ」

「つれないことを言うな。深川《ふかがわ》の岡場所で懇《ねんご》ろになった娘がおってな、どうしても請《う》けだしてやりたいのさ」

請けだしても、所帯をもつ気はない。ただ、娘を苦界《くがい》から救ってやりたいのだと、渡は殊勝なことを言う。

「連中をみてみろ」

渡は顔を寄せ、臭い息を吹きかけてきた。

「やつらは山狗《やまいぬ》も同然の手合いさ。女に酒、それに博打《ばくち》、稼いだ金は湯水のごとく消えてゆく。わしにはわかるのだ。ああした手合いを、何十人とみてきたからな。大きい声では言えぬが、辻強盗《つじごうとう》や人斬りも平気でやってのける連中さ」

渡とて、大差はあるまい。

うらぶれた風体に、あさましい態度、にもかかわらず、中途半端な正義感を抱いているのだとすれば、かえって始末にわるい。

「おまえさんは連中とちがう。若鮎《わかあゆ》のように活《い》きがいい。それに、澄んだ目をしておる。だから、秘密を打ち明けてやったのさ。わしが死んだら、骨を拾ってくれぬか。そのかわり、おぬしが斬られたら、わしが骨を拾ってやる」

御免蒙《ごめんこうむ》ると、胸につぶやいた。

はなしはそれきり、たちぎえとなった。

銀次は一升徳利《いっしょうどっくり》から直《じか》に酒を流しこみ、がばっと腰をもちあげる。

「そろりと行こう」

外に出ると、ひんやりとした秋風が吹いていた。

――火の用心。

木戸番の拍子木《ひょうしぎ》が、遠くのほうから聞こえてくる。

怪しい一行は闇に紛れ、中山道を北へ向かった。
本郷を通りぬけ、追分からさらに北へすすむ。
駒込の四軒寺町を過ぎたあたりで、胸が苦しくなってきた。
狙うさきが何となく、わかってきたのだ。
昨晩、同じ闇の道をたどり、瓦屋清兵衛の乗る駕籠を追いかけた。
おそらくは、駕籠の行きついたはずのところへ向かうのだろう。
そこに、お宝の眠る隠し蔵があるのだ。
先導役の銀次は、大股でさきを急ぐ。
野良犬どものしんがりから、虎之介は従《つ》いていった。
月明かりが、闇をいっそう濃くしている。
もはや、すれちがう者とていない。
藤八はいったい、どうしたのだろうか。
そして、およう は。
一行は、団子坂を下りはじめた。
下ったさきは、谷中の寺町だ。
銀次は感応寺の手前で左手に折れ、吉祥院《きっしょういん》を過ぎたところで右手に曲がった。

「ここは」

誰かの問いに、銀次は応じた。

「七面坂《しちめんざか》だよ」

勾配《こうばい》のきつい登り坂だ。

やがて、土手がうっすらとみえてきた。

そのさきを流れている川は、山谷堀《さんやぼり》だ。

右手にすすめば吉原《よしわら》へ行きつくが、川向こうには真っ暗な田圃《たんぼ》が広がっている。

銀次は長善寺《ちょうぜんじ》のさきから橋を渡り、周囲をきょろきょろ眺めまわした。

「お、あれだ」

土手下に、白粉花《おしろいばな》が咲いている。

夕化粧《ゆうげしょう》とも呼ばれる花が、灯火のようにみえた。

「へへ、あれが目印さ」

白粉花の咲いた角口から、畦道《あぜみち》にはいってゆくのだ。

浪人どもは、銀次の背につづいた。

誰ひとり、口を開く者とていない。

虎之介は、全身に汗を掻いていた。

清兵衛の隠し蔵は、こんなところにあるのだろうか。

疑いが膨らみはじめたとき、銀次が不意に足を止めた。

斜め前方をみやれば、闇の彼方《かなた》に合図の灯りが揺れている。

「あれだ」

銀次は呻《うめ》くように言い、慎重に歩をすすめた。

十一

田圃のなかの一軒家が、瓦屋の隠し蔵なのか。

虎之介は半信半疑のおもいで、暗い畦道をたどった。

「さあ、着いたぜ」

銀次はそう言い、手にした龕灯《がんどう》で円を描きはじめる。

かさっと草を踏む音が聞こえ、藤八とおようがやってきた。

おようの単衣は茶と白の霰模様《あられもよう》、藤八は柿渋色の筒袖《つつそで》を着ている。

頭巾をかぶれば、清兵衛に闇討ちを仕掛けた賊になることだろう。

「う、臭え、銀次てめえ、呑みすぎだぞ」

「へへ、大目にみてやってくだせえよ。酒がへえったほうが、血のめぐりが良くなるんでさあ」

「けっ、調子の良いことを抜かしやがる」

藤八は浪人どもを睨めまわし、百姓家を指差した。

「襲うのは、あれだ」

何の変哲もない、合掌造《がっしょうづく》りの一軒家だ。

「あそこに、お宝があんのか」

と、浪人のひとりが聞いた。

「そのとおりだ。なあ、およう」

「まちがいない。あたしが探りを入れたんだからね」

「なかの様子はどうだ」

「誰もいないけど、たぶん、そいつは罠《わな》さ。でもね、罠だろうと何だろうと、迷ってる暇はないよ」

「おめえの言うとおりだ。さあ、行こうぜ」

盗人三匹に浪人六匹、頭数は揃っている。

一行は小走りに畦道をすすみ、百姓家の表口に達した。

「銀次、龕灯を灯せ」

「へい」

光の輪が戸口を舐《な》める。

「さあ、躍りこめ」

藤八の合図で、浪人どもは白刃を抜きはなった。

虎之介は背後に控え、じっと様子を窺っている。

一番手柄を焦ったひとりが扉を蹴り、暗闇に吸いこまれた。

やにわに、白刃が襲いかかる。

――ばすっ。

骨を断たれる鈍い音が聞こえた。

背後につづいた浪人は、顔面に返り血を浴びている。

「うぎゃっ」

その男も袈裟懸《けさが》けに斬られ、もんどりうつように斃れた。

「くそっ、待ちぶせだ」

声を引きつらせた三人目も、刃風とともに首筋を裂かれた。

びゅっと血が噴き、土間と戸口を黒く染めた。

「ひぇっ」

渡忠右衛門が悲鳴をあげ、戸口から飛びのいた。

「退け、退け」

藤八が叫ぶ。

逃げおくれた四人目が、背中に白刃を突きたてられた。

「ぬぐっ」

鋭利な切っ先が、左胸から飛びだしてくる。

破れた心ノ臓から、夥《おびただ》しい血がほとばしった。

虎之介は、串刺《くしざ》しにされた浪人を睨みつけた。

相手の正体は、浪人の陰に隠れて判然としない。

血塗《ちまみ》れた刃が、ふっと闇の向こうに引っこんだ。

「悪夢だな」

一瞬で四人も斬られ、藤八は唖然《あぜん》としている。

銀次は怒りで拳を震わせ、渡は背後の木陰に隠れた。

「さあ、あんたの出番だよ」

およう に背中を押され、虎之介は抜刀した。

戸口に近づき、じっと闇を睨みつける。

銀次の照らす龕灯が、刃を蒼白く光らせた。

「おるな、そこに」

殺気が、戸の陰で息をひそめている。

あたり一面、血の臭いがたちこめていた。

「頭《かしら》、裏手にまわろう」

おように促され、藤八と銀次はうなずいた。

盗人三人が申し合わせたように消えると、渡が龕灯をぶらさげ、そっと背後に近づいてきた。

「おい、やるのか」

「ああ」

「相手は野獣ぞ。牙《きば》を研《と》いで待っておったのだ。逃げるなら今だぞ」

「逃げたければ、勝手に逃げろ」

「そうはいかぬ。顚末《てんまつ》を見届けねばな」

「なら、黙っておれ」

渡は後ずさり、少し離れたところから龕灯で照らす。

虎之介は一歩、戸口の向こうに踏みこんだ。

「ん」

気配がない。

土間には、屍骸が転がっている。

「南無三《なむさん》」

覚悟を決め、屍骸を飛びこえた。

部屋の隅に、赤い眸子が光っている。

「くりゃ……っ」

やにわに、白刃が躍りかかってきた。

「ぬおっ」

虎之介は大刀を払い、一撃を斥《しりぞ》ける。

火花が散り、見知らぬ男と目が合った。

月代も髭も茫々《ぼうぼう》と伸び、ひどくうらぶれた感じの男だ。

虎之介を三白眼《さんぱくがん》に睨みつけ、乱杭歯《らんぐいば》を剝《む》いて威嚇《いかく》する。

「しっ、ししっ」

穴惑《あなまど》いの蛇《へび》が発するとすれば、このような声かもしれぬ。

剣の道に生きてきた男であろうことは容易に想像できた。

峰打ちが通用する相手かどうかは、一合交えればすぐにわかる。

殺生《せつしょう》は好かぬが、身を守るためなら仕方ない。

斬らねば斬られる。それだけのはなしだ。

「やるな、おぬし」

男は嗄《しわが》れた声で喋った。

「わしは葛城《かつらぎ》重五郎《じゅうごろう》、おぬしの名は」

虎之介は青眼に構え、両肩の力を抜く。

「天童虎之介」

「ふふ、歯ごたえのある相手は久方ぶりだ」

「瓦屋に雇われたのか」

「そうだよ」

「おぬし、ひとりか」

「ふふ、これしきの小屋の防ぎ、わしひとりで充分だ。これでも、庄内藩《しょうないはん》の元剣術指南役でな」

嘘ではあるまい。言うだけの力量はある。

「わしは小野派一刀流《おのはいっとうりゅう》を修めた。天童とやら、おぬしは」

「会津真天流」

「満字剣か」

「なぜ、それを」

「技をみせられた」

「なに」

「雇い主にな。わしは雇い主と立ちあい、互角に渡りあったがゆえに雇われ、こうしてここにおる。瓦屋はただの商人ではないぞ。あれは元侍だ。素姓の知れぬ男よ」

「わからぬ」

「何が」

「やはり、防ぎがひとりというのはおかしい。お宝はここに無いのか」

「ある。盗人どもがみつけやすいところに、五百両ばかりある」

「五百両」

「ああ。そいつを抱えて逃げちまえばいいさ」

「三人を逃《のが》す気か」

「そうしろと命じられておるのよ。五百両は撒き餌《まえ》だそうだ。瓦屋め、肥えたところをぱっくりいただくとも言っておった」

背後で音がし、渡が戸口から顔を覗かせた。

「おい、天童、そこで何をしておる。野獣とはなしこんでおるのか」

渡が口を開いた途端、尋常ならざる殺気が膨らんだ。

葛城は唇もとを舐める。

「ちと、喋りすぎたらしい。そろりと常世《とこよ》へおくってやろう」

「させるか。いえい……っ」

上段から斬りかかると、強烈にはねつけられた。

ふたりは離れ、相青眼《あいせいがん》に構えて対峙する。

「ほうら、お得意の満字剣を使ってみろ」

言われたとおり、虎之介は刀を鞘に納めかけた。

そこへすかさず、二段突きがくる。

「ふりゃっ、けい……っ」

後ずさりしながら躱したが、腕を浅く斬られた。

「まだまだ」

突きで誘っておきながら、八相から強烈な袈裟懸けがくる。

「ふん」

渾身《こんしん》の力を込め、これを下段から払いのけた。

「ぬおっ」

火花が散り、葛城の刀が根元から折れた。

「くそっ、刀が……」

そこへ、銀次がのっそりあらわれた。

「この野郎、まだ生きてやがったか」

板間から土間に飛びおり、猛然と突進してゆく。

「ぬわっ」

葛城は折れた刀を捨て、脇差を抜きはなった。

それよりわずかに早く、銀次が頭から突っこむ。

「ふわあああ」

葛城のからだは、壁際まで吹っ飛んだ。

脳震盪《のうしんとう》を起こし、板間にへたりこんでしまう。

刀を持つと持たぬとでは、人間、こうも変わるものなのか。

もはや、葛城に抗《あらが》う術《すべ》はない。

銀次の巨体が、のっそり迫ってゆく。

刹那、ごきっという鈍い音が聞こえた。

「ふん、刀のねえ侍なんざ、ちょちょいのちょいよ」

銀次は指の骨を鳴らし、胸を張った。

葛城は首をあらぬ方角に向け、ことされている。

渡が、後ろから声を掛けた。

「お、ほほ、やったな、でかぶつ」

「うるせえ、死に損ないめ」

銀次が威嚇すると、渡はへらついた態度をみせた。

「生き残ったのは、わしと天童のふたりだ。さあ、分け前を寄こせ」

「てめえ、働いたのか」

「ああ、働いたさ」

「ほれよ」

銀次は懐中をまさぐり、小判を十枚ばかり抜きだすと、血の海と化した土間にばらまいた。

「おい、約束がちがうぞ」

眸子を剝く渡を、銀次が制した。

「こっちも見込みちがいでな。それ以上は鐚《びた》一文も払えねえぜ。文句があんなら、おれを斬ってみるか。できねえんだろう。ほら、そいつをもって消えな。おめえらの仕事はこれで終わりだ」

「けっ、しけてやがる」

渡はぶつぶつ言いながら、小判を拾いあつめた。

藤八とおようは、すでに、逃げてしまったらしい。

――肥えたところをぱっくりいただく。

葛城の吐いた台詞を、虎之介は反芻《はんすう》していた。

十二

長月《ながつき》十五日。

神田祭り当日、江戸の町はこぞって華やかに彩《いろど》られる。

瓦屋清兵衛の用意してくれたところは、日本橋の目抜きどおりに沿った席だった。

席は三階建てにつくりこまれ、地べたに毛氈《もうせん》が敷かれている。呑み食いも許されており、まるで芝居茶屋にいるようだ。良い席を占めるのは金持ちの商人とその連れで、貧乏人たちは竹矢来《たけやらい》の向こうに追いやられている。

虎之介は何やら、申し訳ない気がしていた。

「こう言っちゃ何だけど、あんまり居心地の良いものじゃないね」

と、おまつも吐きすてる。

三左衛門は「やれやれ」という顔をし、おそでとおすずは座ったそばからはしゃいでいる。

「おっかさん、こんなこと、一生に一度しかないよ」

おすずはそう言い、おきちの頭を撫《な》でた。

するとそこへ、清兵衛がひょいと顔を出した。

「お揃いですね」

「や、これはご主人ですか。このたびはどうも」

三左衛門は中腰になり、ぺこりと頭を下げる。

「何のこれしき、ご遠慮なされますな」

おまつもひとしきり礼を述べ、ちゃっかり自分の顔と名を売っている。

「娘のおすずが、いつもお世話になっておりましてね。ええ、あたしですか、照降長屋で十分一屋を営んでおります。どなたかお知りあいで、妙齢《みようれい》のお嬢さまがいらしたら、ご紹介くださいな。多少見栄えが悪くても、いっこうにかまやしませんよ。あたしの口に掛かりゃ、江戸一番の別嬪《べつぴん》さんに早変わりいたしますからね」

「うほほ、おもしろいお方だ。気に留めておきましょう。では、手前はこれで」

「おや、どちらへ」

「はい、須田町《すだちよう》の練物《ねりもの》を手伝わなくちゃなりませんもので」

「須田町と言えば、かの有名な大江山凱陣《おおえやまがいじん》ですね」

「いかにも。おまつさまは何でもご存じでいらっしゃる。さ、どうぞ、ごゆっくりお楽しみくだされ」

清兵衛は、そそくさと消えた。

遠くのほうから、笛《ふえ》や太鼓が聞こえてくる。

「ほうら、そろそろだよ」

おまつに促され、娘たちは大路のさきに目をやった。

山車や練物は神田や日本橋の目抜きどおりを練り歩いたのち、将軍様の上覧を得るべく、駿河台《するがだい》から飯田町《いいだまち》のほうへまわり、北面の田安門《たやすもん》から入城する。山車だけでも三十基を超え、付祭《つけまつ》りと呼ばれる踊り屋台や練物が何台も挟まり、大名家の長柄槍《ながえやり》や神馬《しんめ》の厳《いか》めしい行列なども一里の彼方まで延々とつづく。したがって、日暮れまでに上覧が終わるかどうかもおぼつかない。

ざわめいた周囲の様子が、一瞬、凪《な》いだ海原のような静けさに包まれた。鳴物《なりもの》が次第に大きくなり、見物人の歓声が地響きとなって轟《とどろ》きはじめる。

「ほうら、来たよ」

おまつが、興奮の面持ちで叫んだ。

悠然とあらわれたのは、太鼓の頂点に鶏《にわとり》を掲げた大伝馬町《おおでんまちよう》の一番山車だ。紅白の鼻綱《はなづな》を付けた牛どもに曳かれてくる。

揃いの看板を纏った氏子たちが、雄壮な掛け声を掛けた。

鳴物と掛け声、それに喝采《かっさい》が重なり、見物人は胸を高鳴らせる。

山車は圧倒されるほど大きく、鮮やかな色彩の布に飾られてあった。

三左衛門とおまつは息を呑み、おそでとおすずは口をぽかんと開けている。

二歳のおきちまでが、手を叩いて喜んでいた。

連れてきてよかったなと、虎之介は心底からおもった。

瓦屋には、いくら感謝しても足りないほどだ。

「やっぱり、かぶりつきはちがうよ。これでこそ、天下祭りだ」

おまつの感嘆するとおりだ。

山車や練物は、豪華さを競う。

金の掛け方からして、そんじょそこらの祭りとは桁違《けたちが》いだ。

鶏の山車から数えて七番目に、清兵衛の言った「須田町の練物」が登場した。

祭りの呼び物でもある「大江山凱陣」にほかならない。

源《みなもとの》頼光《よりみつ》が大江山の酒呑童子《しゅてんどうじ》を成敗《せいばい》した逸話に因み、巨大な張り子でつくられた鬼の首が台座に載せられ、頼光の家来に扮《ふん》した氏子たちの手で担がれてくるのだ。

あまりにも鬼が恐いので、おきちは泣きだした。

おまつが必死にあやしつけ、おすずは妹の目をふさいでいる。

「ふうむ、おきちが泣くだけあって、よくできておるな」

三左衛門がしきりに感心する背後で、虎之介は眸子を釘付けにされていた。

目に映っているのは、張り子の鬼ではない。

坂田金時《さかたのきんとき》に扮した巨漢のほうだ。
大きな鉞《まさかり》を担いだその男は、あきらかに、銀次であった。
「あいつめ」
虎之介の声は、歓声に掻き消されてゆく。
山車の脇をすすむ馬上の女にも見覚えがあった。
弁天さまに扮しているが、およう にまちがいない。
馬の口をとる従者は、藤八にほかならなかった。
「盗人三匹、揃いぶみか」
大鬼の練物とともに、盗人たちは城内へ吸いこまれてゆく。
虎之介は、清兵衛のすがたを捜した。
いない。
少なくとも、氏子のなかには紛れていないようだ。
清兵衛はおそらく、盗人どものことを知っている。
敵対する者同士が、何事かを画策しているのだ。
いったい、何をする気なのか。
虎之介は、胸騒ぎを感じていた。

十三

五日後、夕刻。

祭りの喧噪《けんそう》は去った。

あやめ河岸の沖に、小舟が一艘浮かんでいる。

釣り人は仲の良い浪人ふたり、あいかわらず釣果はない。

昨日、本所《ほんじょ》の百本杭《ひゃっぽんぐい》に、二体の屍骸が流れついた。

一体は六尺を超える巨漢、もう一体は小柄な中年男の遺体で、いずれも一刀で袈裟懸けに斬られていた。

「八尾さんに聞いたが、お尋ね者の藤八と銀次らしい。誰に殺《や》られたかは、わからぬ」

清兵衛であろうと、虎之介はおもった。

「じつはな、百本杭に流れついた屍骸がもう一体あったそうだ。どうやら、侍らしい」

「侍」

「ああ、歴《れっき》とした幕臣でな。役目は何だとおもう、鍵役《かぎやく》だよ」

「え」

虎之介は、不審げな顔をする。

「それも、ただの鍵役ではない。千代田城天守台近くの奥御金蔵番《おくごきんぞうばん》の鍵役人だとさ」

「御金蔵の番人ですか」

「大きい声では言えぬが、天下祭りのさなか、御城の御金蔵が破られた」

「まさか」

「そのまさかだ」

盗みは白昼堂々とおこなわれた。

賊は城内深く忍びこみ、鍵役の手引きで千両箱を盗んだのだという。

「しかし、どうやって、城外へ運びだしたのです」

「たぶん、山車か練物を使ったのだろうと、八尾さんは言った」

「あ、なるほど」

虎之介の脳裏に「大江山凱陣」の練物が浮かんだ。

将軍上覧の際、城内はてんてこ舞いの騒ぎだった。

警戒も手薄にならざるを得ない。

「賊は、そこを衝いた」

山車や練物の入城する田安門は城の北面、奥御金蔵に近い。賊の経路を調べてみると、吹上《ふきあげ》役所脇の矢来《やらい》御門、西桔橋《にしはねばし》御門、中之《なかの》御門と抜けたことが判明した。狙ったお宝にたどりつくまでには、さらに、御金蔵内の鍵を三つ開けねばならない。常識で考えれば、かぎりなく無謀に近い試みであった。

「藤八と銀次、それに鍵役人、八尾さんが調べてみると、三人には繋がりがあった。鍵役人は最近まで深川仲町《なかちよう》の茶屋にあがり、身分不相応な遊びを繰りかえしていたらしい。かたわらにはいつも、艶《つや》めいた芸妓が控えていた。たぶん、そいつはおようだろうと、八尾さんは言っておった」

鍵役人はおように誑《たぶら》かされ、道を踏みはずしてしまったのだ。

「いずれ、おようの遺体も浮かぶのでしょうか」

「いいや、浮かばぬ。おようは生きている」

「どうして、わかるんです」

「岡目八目《おかめはちもく》、傍《はた》でみていたほうが筋は容易《たやす》く読める。おそらく、おようは瓦屋清兵衛とつるんでおる。最初《はな》から藤八を罠に塡《は》めるべく、ふたりで仕組んだのさ」

「ああ」

虎之介は、天を仰いだ。

きっと、そうにちがいない。

「その点に関して、わしと八尾さんは同じ意見だ。盗人が苦労して盗んだお宝を、横からさっと奪いとる。盗賊かもめの異名をもつ瓦屋が、すべて画策したことだ」

「藤八が御金蔵を狙っていたことも、祭りの山車を利用する奇抜な手法も、すべて承知済みであったと」

「無論だ。藤八たちのやることは、すべて筒抜けだった。おようが仲間でなければ、そいつはできない相談だろう。ちがうかい」

たしかに、筋は通る。

「されば、わたしもふくめ、浪人どもに隠し蔵を襲わせた件はどう解きます」

「しかとはわからぬが、御金蔵破りの大仕事を控えるなか、おように手柄を立てさせ、藤八の信頼を動かぬものにしたかったのではあるまいか」

「やはり、鍵を握るのは、おようですか」

「藤八は、御金蔵破りを成し遂げた。盗んだはいいが、手に入れたお宝をどこかに隠さねばならぬ。瓦屋はその隠し場所を知りたかった。探りだすことができるのは、およしかいない」

裏を返せば、およは今ひとつ信頼を得ていなかったことになる。

虎之介は、矢場で藤八に出逢ったときのことをおもいだした。

藤八は「こいつは移り気な女でな、今ひとつ信用できねえ」と、はっきり言ったのだ。

「八尾さんは、もうひとつ教えてくれたぞ。おぬしが寺の境内で救った芥子坊のことさ」

「常吉ですか」

「さよう。常吉は内儀の連れ子だ。清兵衛と血の繋がりはない」

「え」

「こいつは確かだ。八尾さんは内儀と直に会って聞いた」

常吉は内儀が身請けされる直前、間夫《まぶ》とのあいだにできた子だった。清兵衛はそれを承知で、身請けを申しでた。無事に生まれた常吉は清兵衛の実子として育てられ、世間もそれを疑っていない。

内儀は厳重に口止めされていたが、八尾半四郎が朱房《しゆぶさ》の十手を翳《かざ》し、清兵衛は盗人なのだと告げてやったら、何もかも喋ったのだという。

「おいおい泣きながら、常吉に会いたい、自分の手でちゃんと育てたい。そう、言ったらしい。もうわかったろう。清兵衛は常吉に何の情も抱いておらぬのさ。すべては世間を欺《あざむ》くための手管《てくだ》、それを証拠に、内儀はいちどたりとも褥《しとね》をともにしたことがないと嘆いておったとか」

「くそっ」

虎之介は、がっくりうなだれた。

まんまと一杯食わされたことが、何とも口惜《くちお》しい。

「これで、迷いも無くなったろう。盗人を捕らえることに、何の気兼ねが要ろうか。八尾さんは、清兵衛とおようを捕まえてみせると意気込んでおったぞ」

ただし、清兵衛が盗賊かもめだという証拠はどこにもない。

盗まれた御用金をみつけるしかないのだ。

御用金には、葵紋《あおいもん》の刻印がなされている。

そのまま使ったら、かならず足がつく。

となれば、溶かすしかなかろうが、しばらくは隠しておき、ほとぼりをさまそうとするはずだ。

「浅間さん、御用金の隠し場所さえわかればよろしいのですね」

「心当たりでもあるのか」

「はい、件《くだん》の百姓小屋ではないかと」

「いちど、おぬしたちが襲ったところか。まさか、それはあるまい」

「と、誰もが考えるでしょう」

「なるほど、裏をかこうってわけか」

三左衛門はうなずき、釣り糸を巻きあげる。

虎之介は、どうにも興奮を抑えきれない。

「浅間さん、さっそく、まいりましょう」

「よし、ここからなら、川筋で行けるぞ」

小舟はのんびりと舳先《へさき》をまわし、大川に一筋の水脈《みお》を曳いた。

十四

小舟は今戸橋《いまどばし》を抜け、山谷堀を漕《こ》ぎすすんでいった。

陸《おか》にあがったころにはすっかり暗くなっていたが、百姓家につづく畦道はすぐにわかった。

「ほら、白粉花が咲いているでしょう。あそこが目印です」

「ふうん。それにしても、本物の悪党ってのは、おもいがけないところに隠れているものだな」

三左衛門は溜息を吐き、小太刀の柄を撫でる。

まったく、そのとおりだと、虎之介はおもった。

ふたりは提灯も翳さず、暗がりをすすんだ。

更け待《ふけま》ちの月は、亥ノ刻にならねば出てこない。

だが、ふたりとも夜目が利くので、提灯は要らなかった。

しばらくすすむと、稲を干すはざ
きの陰に、人影が動いた。

ぼっと松明《たいまつ》が燃えあがり、浪人髷の男がひとりあらわれる。

男は松明の把手《とって》を斜めに切り、畦道のまんなかに突きさした。

「誰だ」

鋭く問いかけると、男は無造作に近づいてきた。

「よう、わしだ」

渡忠右衛門である。

さすがに、虎之介は驚いた。

「ど、どうしてここに」

「それはこっちの台詞だ。隣の御仁《ごじん》は」

「釣り仲間だよ」

「祭り見物に誘った相手か。たしか、十分一屋のヒモ侍だったな」

「なぜ、知っている」

「何だって知っておるさ。おぬしら、盗賊かもめを捕らえにゆくのか」

渡の物腰は堂々としており、これまでとはまるっきり別人のようだ。

後ろで、三左衛門が囁《ささや》いた。

「あやつ、できるぞ」

虎之介の頭は混乱しかけている。

渡はたしか、仙台藩を出奔《しゅっぽん》した元陪臣のはずだ。

役立たずの小心者だとおもっていたが、すべて芝居であったというのか。

「ふはは、まんまと騙されおったな。常吉の勾引《かどわかし》は、わしが藤八に囁いたことだ。あやつの手下になって動いたのも、すべて狂言よ」

「どうして」

「いざというときのためさ。瓦屋清兵衛には、押しも押されもせぬ立派な町役人でいてもらわねばならぬ。常吉の勾引も世間の同情を引くための手管さ。もっとも、おもわぬ邪魔がはいったがな」

「おぬしら、つるんでいたのか」

「さよう。わしは御広敷伊賀者支配《おひろしきいがものしはい》、真《まこと》の名は渡瀬忠左衛門《わたせちゅうざえもん》よ。清兵衛とは八年前、ひょんなことで知りあってな、それからの腐れ縁だ。おようはわしの妹さ、清兵衛と惚れあっていっしょになった。ふふ、盗賊かもめはわしの義弟というわけさ」

「御城勤めの伊賀者支配が、盗人に堕《お》ちたのか」

「安い扶持で面倒な役目をやらされる。理不尽《りふじん》であろうが。わしはな、御城勤めにほとほと嫌気が差した。清兵衛と知りあったのは、ちょうど、そうしたときでな。ちょこちょこ小金は稼いだが、どうせ悪事をはたらくなら、どでかいことをしたくなった」

「それで、御金蔵を」

「おもいついてからここまでこぎつけるのに、三年掛かった。調べてみると、御金蔵を破るのは存外に容易い。お宝を奪われても、幕府は体面があるゆえ表沙汰にはできぬ。そこが狙い目よ」

なるほどと、虎之介は納得してしまった。

「ただし、自分の手は汚したくはない。しくじったときの逃げ道も要る。腕の良い盗人を捜しだし、このはなしに乗せるのに苦労したのさ」

どうやら、青図を描いたのは、渡瀬と名乗る伊賀者支配らしかった。

「天童虎之介、おぬしのことはちと調べさせてもらった。隠密ではなさそうだし、当面は放っておこうとおもったが、そうも言っておられぬようだな」

虎之介は腰を落とし、ぐっと睨みつけた。

「藤八と銀次、それと鍵役人を斬ったのは、おぬしか」

「さよう。ふふ、あやつら、泳がせておくのに苦労したわ」

虎之介は、ずっと胸にあった問いを口にした。

「なぜ、清兵衛は真天流を使う」

「わしが戯《たわむ》れで教えてやったのよ」

「戯れで。なぜ、おぬしが」

「言ったろう。わしは伊賀者支配だ。天覧試合の際は大広間の隅に控え、全国津々《つつ》浦々《うらうら》の流派を見物してきた。会津真天流も何度か目にしたことがあってな。おぬしが真天流を使うと知り、手合わせしてやったのよ」

常吉を救った翌日のことらしい。

「清兵衛は仙台藩で馬廻《うままわ》り役《やく》までやったことのある男、呑みこみは早い」

渡瀬は、にやっと笑った。

「おぬしの太刀行きはわかっておる。だが、わしの太刀行きは知るまい。その差が生死を分ける」

「虎之介、わしにまかせろ」

三左衛門が、ずいっと一歩踏みだした。

「お待ちを。浅間さん、ここはわたしに」

「そうか、まあ、仕方ないか」

虎之介は、刀の鯉口を切った。

「まいる」

渡瀬も腰を落とし、逆手で刀を抜きはなった。

刀は直刀《ちよくとう》で短い。忍びの刀だ。

抜いた物腰で、手強《てごわ》い相手だとわかった。

渡瀬は半身になり、白刃を背中に隠した。

虎之介はゆったりと構え、刀を抜かない。

「居合を使う気か、このわしに通用するかな」

渡瀬は口をすぼめ、ふっと何かを吹いた。

毒針が二本、煌《きら》めきながら飛んでくる。

咄嗟《とっさ》に首を振り、何とか躱した。

「はおっ」

渡瀬が、二間余りも跳躍する。

地に降りたつや、突きかかってきた。

「うぬ」

虎之介は尻餅《しりもち》をつき、地べたに転がる。

立ちあがりかけた。

「死ね」

鼻先に、くんと切っ先が伸びてくる。

躱しきれず、左肩をぐさりと刺された。

「あっ」

三左衛門が、後ろで叫んだ。

その声につられ、渡瀬がわずかに隙をみせる。

「ふえい」

虎之介は抜刀した。

右手一本で抜刀した刀は、しかし、渡瀬に難なく弾かれた。

弾かれると同時に、虎之介は傷を負った左手で脇差を抜いている。

二刀流の奥義、蜘蛛足だ。

白刃が小さな弧を描いた。

「ぬひょっ」

血飛沫《ちしぶき》が飛ぶ。

渡瀬の咽喉は、真一文字に裂かれていた。

かくんと両膝が抜け、屍骸が血溜まりに蹲る。

「虎之介、だいじないか」

三左衛門が、駆けよってきた。

虎之介の左肩には、直刀が刺さったままだ。

「ご、ご安心を……急所は外しました」

「そうは言っても、ひどい傷だぞ」

三左衛門は畦道を探り、蓬《よもぎ》の葉を集めてきた。

肩に刺さった刀を抜き、蓬の葉を傷口に当てる。

ある程度血が止まったところで、腰にぶらさげた竹筒から、どろりとした汁を取りだした。

「こんなこともあろうかと、竹瀝《ちくれき》を携《たずさ》えてきたのだ。これを塗っておけば、傷口が膿《う》むことはない」

「すみません」

「あとで高熱が出てくるぞ」

「されど、ここで引き返せますか」

「そうよな」

三左衛門に肩を貸してもらい、虎之介は力強く歩きだした。

十五

清兵衛とおようは、隠れ家で待ちかまえていた。

「ん、天童虎之介か」

さすが、御金蔵を狙う盗人の首魁だけあって、清兵衛に動じた様子は微塵《みじん》もない。

「おぬしがここまでたどりついたということは、義兄上《あにうえ》は斬られたのだな」

「いかにも」

すでに覚悟をきめていたらしく、おようにも動揺はなかった。

清兵衛は高価な着物の襟を寄せ、商人らしく算盤《そろばん》を弾きはじめる。

「いずれ、こうなることは予想していた。相手が捕り方ではなく、一介の浪人とはおもわなんだがな。おぬしら、金に窮しておるのであろう。どうだ、明日から良い暮らしをしてみる気はないか。そちらは浅間三左衛門どのと申されたか、奥方や可愛い娘たちのことをおもえば、少しは心も動かされよう」

「いっこうに」

「ふん、痩《や》せ我慢もほどほどにしたらどうだ」

「おぬしに言われる筋合いはない。汚れ金を手にしたところで、心は晴れぬわい」

「されば、これまでだな。ふたりとも、地獄へおくってやる」

「できるかな」

じりっと前に出る虎之介を、三左衛門は引きとめた。

「ここは、わしにまかせろ」

すっと足をはこび、おようを目で制す。

清兵衛が唇《くち》もとを舐めた。

「そっちがさきに来たか。ま、年寄りから死んでゆくのが順当だろう」

三左衛門は抜きもせず、つつっと間合いを詰めた。

そして、清兵衛の懐中に飛びこむや、しゅっと小太刀を抜いた。

「ぬえっ」

手応えがあった。

清兵衛は脇腹を押さえ、後じさりする。

「くそっ、小太刀を使うのか」

大刀に気を奪われ、反応が鈍ったのだ。

「あいにく、こっちは竹光《たけみつ》でな」

三左衛門は光沢のない刀を抜いてみせ、にやっと笑う。

握っている小太刀は葵下坂《あおいしもさか》、越前康継《えちぜんやすつぐ》の手になる業物《わざもの》だ。

清兵衛は大刀を抜き、右手一本で青眼に構えた。

柱のある屋内では、丈の短い刀のほうが有利だ。

それを察したのか、清兵衛は額に膏汗《あぶらあせ》を滲《にじ》ませた。

三左衛門が、爪先で躙《にじ》りよった。

「盗賊かもめも年貢《ねんぐ》の納めどきだな」

「うるせえ。くわ……っ」

手負いの野獣が吼《ほ》えながら、敢然と突きかかってくる。

狭いところで闘うとすれば、刺突しかあるまい。

三左衛門は、それを読みきっていた。

突きだされた白刃を弾き、小太刀を相手の鍔元《つばもと》まで滑らせる。

迷わずに籠手《こて》を斬り、間髪《かんはつ》を容《い》れず、胸乳《むなぢ》を裂いた。

「ぐぶっ」

清兵衛は反転しながら、板間に転がった。

「あ、おまえさん」

おようが、だっと駆けよる。

もはや、盗賊かもめはぴくりとも動かない。

刹那、むぎゅっという嫌な音が聞こえた。

亭主と逃げ場を失った女が、舌を噛んだのだ。

おようの屍骸は、清兵衛のうえに折りかさなった。

三左衛門と虎之介はなす術もなく、黙然《もくねん》と睨みつけるしかない。

「虚《むな》しいものよな」

「はい」

「虎之介よ、どうする」

「どうするとは」

「御用金さ。この屋敷に隠されておるはずだ。お宝のことを知るのは、おぬしとわしだけだぞ」

「なるほど。お宝を横取りすれば、まさしく、われわれは盗賊かもめだ」

「明日から楽な暮らしができる」

「少々、面倒ですね」

「ふはは、おぬしの気持ちはようわかる。金というものは、あったらあったで面倒だからな」

「八尾さまに、ご相談しましょうか」

「じつは、夕月楼に呼んであってな」

「なあんだ、おひとがわるい」

「すまぬ、すまぬ」

三左衛門は、虎之介の肩に軽く触れた。

「どうだ、痛むか」

「平気ですよ」

「よし、鯊の天麩羅《てんぷら》でも食いながら、一杯飲《や》るか」

「いいですねえ」

「酒を喰《くら》えば、痛みもやわらぐだろうさ」

ふたりは百姓家をあとにし、畦道を戻りはじめた。

更け待ちの月が冴《さ》え冴《ざ》えと、一本道を照らしている。

——ちりちり、ちりちり。

草叢《くさむら》の陰から、すがれ虫の掠《かす》れ声が聞こえてきた。

ぼたもち

一

神無月《かんなづき》、玄猪《げんちょ》（十月最初の亥《い》の日）。

この日は夕刻より、千代田城内にて祝儀の餅配りがおこなわれる。

各御門に篝火《かかりび》が焚《た》かれるなか、江戸詰めの諸大名は登城しなければならない。

そのせいもあろうか、市中は何やら落ちつかない雰囲気に包まれていた。

武家の習わしに便乗し、町屋や長屋でも牡丹餅《ぼたもち》を振るまっている。

正月のような空騒ぎに、八尾半四郎は顔をしかめた。

餅肌の肥えた男を連れ、日本橋本材木町《ほんざいもくちょう》の大番屋を発ち、小伝馬町《こでんまちょう》の露地裏にたどりついたところだ。

「よし、ここで縄を打ってやる。牢役人の手前、恰好だけはつけねえとな」

「へい、旦那」

素直にうなずく三十男は、名を豊吉《とよきち》という。愛嬌《あいきよう》のあるぷくっとした顔からは、勝負師の片鱗《へんりん》も感じられない。

これでも、かつては回向院《えこういん》の勧進相撲《かんじんずもう》で人気を博した力士だった。当時の四股《しこ》名《な》は豊乃海《とよのうみ》、小兵《こひよう》ながら前頭筆頭《まえがしらひつとう》まで昇進したものの、怪我で引退を余儀なくされてからは見る影もなく落ちぶれてしまった。

今は独り相撲の辻芸《つじげい》を披露《ひろう》して見物人を笑わせ、小銭を稼いでいる。擦り切れた草履《ぞうり》を帯に挟み、いつも裸足《はだし》で歩いていた。

「豊吉よ、牢屋敷の大部屋にへえるのは何度目だ」

「へ、三度目で」

すべて喧嘩《けんか》だった。豊吉は真っ正直な男だが、酒癖がわるい。昨日も回向院門前の煮売り酒屋で浴びるほど呑んだあげく、からんできた浪人どもと喧嘩になり、ひとりの腕をへし折ってしまった。

喧嘩の原因は浪人どもの罵詈雑言《ばりぞうごん》、傍《はた》からみれば自業自得におもわれたが、痩せても枯れても相手は武士、二本差しを傷つけたとあってはただで済まない。その場で無礼打ちにされても文句の言えぬところであったが、偶《たま》さか居合わせた半四郎の取りなしで事なきを得た。

「仏の顔も三度って諺《ことわざ》、知ってんだろう。おめえを救ってやれんのも、三度目までだぜ」

「そりゃもう、承知しておりますさあ。旦那にゃご苦労をお掛けしやす。この御恩は生涯忘れやせん」

「ふん、どうだか」

豊吉を大番屋にひと晩留めおき、小伝馬町牢屋敷の入牢証文《じゅろうしょうもん》を入手した。

罪人として牢屋敷にぶちこんでしまえば、浪人たちも手の出しようがない。

こうした牢送りは、惨事を未然に防ぐべく、廻り同心がよく使う手管《てくだ》でもあった。

「さあ、縛ったぜ。三日か四日で出してやる。ほとぼりが冷めるまで、静かにしているんだな」

「へ、ありがとさんで」

「行こうか」

「合点でさ」

半四郎は、元相撲取りの丸い背中を押した。

聞けば、大身《たいしん》の旗本に抱えられ、羽振《はぶ》りの良い時期もあったらしい。

それだけの男がなぜ、こうまで落ちぶれてしまうのか、半四郎は首を捻った。

本人によれば、身も心も傷だらけになって負けがこみ、酒に救いを求めてしまった。微酔《ほろよ》い加減で土俵にあがった途端、地面に叩きつけられて腰骨を折り、土俵から去るしかなかったのだという。ありがちなはなしであった。

「今日は牢屋敷でも亥《い》ノ子餅《こもち》が配られる。腹の足しにゃならねえだろうが、ありがたく頂戴するんだぜ」

「へ、楽しみがひとつ増えやした」

「さあ、おめえが先に行け」

「へい」

ふたりは前後になり、牢屋敷の門前に近づいた。

厳《いか》めしげな門の脇には、紅葉しかけた楓《かえで》が植わっている。

六尺棒を握った門番は襟を正し、縄尻をつかむ半四郎に頭《こうべ》を垂れた。

「ご苦労さまでございます」

と、そこへ。

反対の方角から、後ろ手に縛られた女が小者ふたりに引かれてきた。

「おや」

どこかで見掛けたことのある三十年増だ。

「おい」

半四郎が脅すように呼びかけると、小者たちはびくっとして足を止めた。

女は髪を乱し、うなだれたままだ。

「おぬし、菜売りのおふきではないか」

呼ばれた女は顔をあげ、驚いたように口を開けた。

「だ、旦那」

「やっぱりそうだ。でえこ、でえこのおふきだな」

毎朝八丁堀《はっちょうぼり》に顔を出し、新鮮な野菜を売って歩く。働き者の菜売りにまちがいない。頭の回転が少し鈍く、悪童どもからは「変な顔のぼたもち」などと莫迦《ばか》にされてはいるものの、屈託のない笑顔はみる者を和《なご》ませた。

おふきの目に、じわっと涙が滲《にじ》んだ。

「おいおい、いってえどうした」

おふきを押しのけ、小者のひとりが応えた。

「七《なな》つ屋《や》（質屋）殺しの下手人《げしゅにん》なんです、この女」

「なんだと」

湯島天神下にある扇屋《おうぎや》の表口で、おふきは血の滴《したた》った出刃包丁《でばぼうちょう》を握り、放心したように佇《たたず》んでいたというのだ。

「ほんとうか」

おふきは、こっくりうなずく。

殺されたのは主人の扇屋徳介《とくすけ》、一昨日《おととい》の暮れ六つ過ぎ、手代が使いから戻ってみると、おふきが戸口に佇んでいた。土間は一面血の海、徳介は宙をつかむような恰好でこときれており、のちの検屍《けんし》で左胸に出刃包丁の深い刺し傷がみつかった。

「おい、そこで何をごちゃごちゃやっておる」

鬱々《うつうつ》とした門の内側から、牢屋見廻り同心の声が響いた。

「ぐずぐずするな。早《はよ》う、引ったてい」

「しばらく、しばらく、お待ちを」

半四郎が大柄なからだを折りまげると、年輩の牢屋見廻り同心が鼻面を差しだした。

錦田公平《にしきだこうへい》、これといって特徴のない小役人だ。

「ん、おぬし、定町廻りの八尾半四郎か」

「は、どうも」

錦田は指を舐《な》め、立ったまま帳面を捲《めく》った。

「昨日、吟味筋《ぎんみすじ》から一報があってな。その菜売り、一昨日の晩から湯島天神下の番所に留めおかれ、充分な詮議《せんぎ》を受けてまいったのだ」

「口書《くちがき》も取ったのですか」

「あたりめえよ、みずから罪を認めたのさ。七つ屋の主人からひどいことを言われ、ついかっとなり、出刃包丁で胸をひと突きしたとな」

「ついかっとなり、ですか」

「ああ、そやつが下手人だ。疑う余地はあるまい」

「沙汰が下りるまで、幾日程度掛かりましょうか」

「まず、七日もあれば充分だな」

まちがいなく、厳罰の沙汰が下りることだろう。

おふきは土壇《どたん》に引きずられ、首を落とされる。

半四郎は、ごくりと唾《つば》を呑んだ。

「どうした、八尾」

「いえ、別に。ただ、この菜売りがひとを殺《あや》めることなど、これっぽっちも考えられぬものですから」

「情けをかけるのか」

「いいえ」

「されば、文句を垂れるな。ところで、そっちの男は」

不意に水を向けられ、豊吉が猪首《いくび》を縮めた。

半四郎は、ぞんざいに応える。

「三、四日、大部屋にぶちこんどいてください」

「喧嘩でもしたのか」

「浪人者の腕をへし折りました」

「ちっ、八尾、御牢を何と心得る」

「ま、固いことは言わずに」

「ただでさえ忙しいのに、余計な用事を増やすなよ。それに、こやつ、なかなか立派なからだつきではないか。まさか、元相撲取りの通者《とおりもの》ではあるまいな」

「ちがいます。ただの辻芸人ですよ」

半四郎は鼻の穴をほじり、空惚《そらとぼ》けてみせる。

罪人といえども、飯は食わせなければならず、大飯食らいは牢屋でも歓迎されない。

半四郎と錦田が喋っている脇で、豊吉はおふきの横顔をじっとみつめていた。

雨の日に道端で震える子犬を慈《いつく》しむような、穏やかな眼差しだ。

おふきは顔もあげられず、俯いたまま小者に引かれていった。

擦りきれた草履を履いた足の踵《かかと》は皹《ひび》割《わ》れ、血が滲んでいる。

「旦那、あの女は殺《や》っちゃいねえよ」

錦田に聞こえぬように、豊吉がぽつりとつぶやいた。

二

野に咲く吾亦紅《われもこう》が、玄関口に飾ってある。

日が落ちてから八丁堀の家宅に戻ると、勝手のほうから笑い声が聞こえてきた。

「ただ今もどりました」

呼びかけると笑い声はぴたりと止み、母の絹代《きぬよ》ではなく、妙齢の愛らしい娘が廊下に顔を出した。

「半四郎さま、お帰りなされませ」

菜美《なみ》である。

父方の親戚筋にあたる娘で、ひょんなことから縁が繫がった。

まだ初々《ういうい》しくみえるが、半四郎と七つちがいの二十三、いちどは勘定方の家に嫁いだものの、夫が急逝《きゅうせい》し、一年も経たずに出戻ってきた。

出戻りでもよいから、八尾家に嫁いでほしいと、絹代は公言して憚《はばか》らない。

朗《ほが》らかなうえに、細やかな気遣いもできる娘だと褒めちぎり、三十となった半四郎にこのあたりで何とか落ちついてほしいと願っていた。

母ひとり子ひとりなだけに、半四郎も強いことは言えない。

じつは、恋い焦がれている相手があった。

楢林雪乃《ならばやしゆきの》、才色兼備にして孤高の女剣士。南町奉行筒井紀伊守《つついきいのかみ》の隠密御用をつとめ、役目に殉《じゅん》じる覚悟でいる。こちらの恋情《おもい》を伝えても、いっこうに振りむいてくれなかった。

女にしておくのはもったいないと、伯父《おじ》の半兵衛《はんべえ》も言うとおり、しがない廻り同心の家におさまる器《うつわ》ともおもえず、半四郎は九割方あきらめていた。

一方、菜美への想いは日増しに濃くなってゆく。

菜美は甲斐甲斐《かいがい》しいだけではなく、芯《しん》の強さを感じさせる娘だ。

じつをいえば、すでに結納《ゆいのう》も交わしていた。

それ以来、菜美はすっかり打ちとけ、気軽に八丁堀にやってきては家事を手伝ってくれる。

もう、八尾家のお嫁さんも同然ねと言い、絹代も目を細めていた。

以前ならば、母が菜美に優しくすればするほど、雪乃のことをおもいだして胸が痛んだものだが、このごろでは痛みもあまり感じなくなった。

考えてみれば、雪乃ともずいぶん会っていない。

上野国《こうずけのくに》の小大名から側室にどうかと打診されたなどと、寝耳に水のようなはなしも聞いたが、耳を塞《ふさ》いでなるべく聞かないように心懸けた。

箱膳のまえに座ると、菜美が銚子《ちようし》を手にして膝を寄せる。

半四郎は盃を取り、遠慮がちに差しだした。

震える手で注がれた酒を、すっと呷《あお》ってやる。

盃に二杯目の酒が満たされたところで、絹代が口をひらいた。

「良いお野菜がなくってねえ。この二日ほど、菜売りのおふきさんがみえなくて、葛西《かさい》の冬瓜《とうがん》も練馬《ねりま》の大根も買えないのよ」

困った顔をつくり、菜美に同意を求める。

「でえこ、でえことね、朝いちばんであの声を聞かないと、落ちつかなくってねえ。盆暮れも休まない頑張り屋さんが、どうしてしまったのかしら。風邪でもひいたのではないかと、案じられてなりませんよ」

「母上」

半四郎は盃を置いた。

「おや、恐い顔をして、どうなされたのです」

「い、いえ、何でもありません」

「妙なおひとだこと。ほら、そちらの平皿に載った鯊《はぜ》の甘露煮《かんろに》、菜美さんが煮付けてくだすったのよ。お食べ、さあ、たんとね」

半四郎は箸を取り、鯊の頭に齧《かじ》りつく。

少し甘すぎる気もしたが、まあこんなものだろう。

「いかがですか、お味は」

菜美が心配そうに小首をかしげる。

「美味《うま》い」

そう言ってやると、安堵《あんど》の溜息が漏れた。

絹代も口をすぼめ、心底から微笑《ほほえ》んでいる。

半四郎は咀嚼《そしゃく》しながら、おふきのことを考えた。

豊吉も言ったとおり、七つ屋殺しの下手人でないとすれば、何としてでも救ってやらねばならぬ。

くそっ、こうしてはおれぬ。

半四郎は飯をかっこみ、蜆《しじみ》の味噌汁《みそしる》を一気に呑みほした。

「母上、ちと、急用をおもいだしました」

「今から、お役目ですか」

「はい」

「きちんと食事を済ませてから、お行きなされ」

「そうもしておられません」

「何とまあ、忙しないこと」

絹代は菜美に向きなおり、ごめんなさいねと目顔で謝る。

おふきの件で余計な心配をさせたくないので、事情をはなすことは控えた。

「そんなことでは、菜美さんに嫌われますよ。ねえ」

水を向けられ、そうですねとも応えられない。

菜美は困りきった様子で、俯くしかなかった。

「ごちそうさまでした」

半四郎は仏頂面《ぶっちょうづら》で手を合わせ、そそくさと部屋を抜けだした。

三

半四郎は神田川を渡り、湯島天神下の番屋までやってきた。

もういちど、七つ屋が殺された経過を洗いなおそうとおもったのだ。

番屋の守番は天神下の安十《やすじゅう》といい、海千山千《うみせんやません》の岡っ引きだった。

挨拶《あいさつ》を交わす程度の仲だが、芳《かんば》しい評判は聞かない。商人に法外な袖の下を要求するとか、弱い者にはめっぽう厳しいとか、安十をよく言う者は少なかったが、会ってみなければほんとうのところはわからなかった。

行燈《あんどん》に照らされた油障子が、暗がりのなかに浮かんでいる。

半四郎は大股で近づき、引き戸に手を掛けた。

「邪魔するぜ」

大きなからだで敷居をまたぐと、衝立《ついたて》の向こうから胡乱《うろん》な眸子《まなこ》が向けられた。

「おっと、こいつはおめずらしい、八尾の旦那じゃござんせんか。今宵《こよい》はまた、どういったご用で」

「おふきの件にきまってんだろうが。おめえ、可哀相な菜売りを、奥の板間に留めおいたんだってなあ」

のっけから強気に出ると、安十は惚《とぼ》け顔で横を向いた。

「仕方ねえでしょう。七つ屋殺しの下手人でやんすからね」

「おめえが無理に吐かせたんじゃねえのか」

「あっしが。冗談言っちゃいけやせんや。あっしはただ、傍で眺めていただけで」

「吟味方の与力は誰だ」

「弱ったなあ、どうして、そんなことまで喋らなくちゃならねえんです。あのぼたもち、自分から吐いたんですぜ。出刃で扇屋徳介の胸を刺したってね」

安十は煙管《きせる》の火口に火を付け、すぱすぱやりはじめる。

輪になって浮かぶ煙の隙間から、濁声《だみごえ》が聞こえてきた。

「旦那もご存じのはずだ。殺しの下手人をいったん牢送りにしちまったら、十中八九、戻ってくる見込みはねえ。地獄堕ちのきまった罪人のことをほじくりけえしても、無駄ってもんですぜ」

「無駄かどうかは、おめえのきめることじゃねえ」

「そりゃまあ、そうでやんすがね。あんなぼたもちのひとりやふたり、この世から消えちまったところで、悲しむ者なんざおりやせんや」

「てめえ、本気で言ってんのか」

半四郎は裾を捲《まく》り、土足で上がり端《はな》を踏みつけた。

紫煙が消しとぶ。

「おい、こら」

前歯を剝いて威嚇《いかく》すると、安十は仰《の》けぞった。

「うおっと、恐えな。短気は損気ですぜ、旦那」

「あんだと」

「のっけから喧嘩腰じゃ、はなしにならねえ。ちょいと、落ちつきましょうや」

安十は煙管を措《お》いて立ちあがり、茶を淹《い》れはじめた。

肩透かしを食わされ、半四郎はふてくされた顔で座りこむ。

「旦那、おふきを吟味しなすったな、石橋主水《いしばしもんど》さまでやすよ」

「なに、内与力《うちよりき》ではないか」

「そうでやんすね」

半四郎は訝《いぶか》しんだ。

内与力にも取調べの権限はあるが、わざわざ菜売りの女を吟味すべく、湯島の番屋まで出向いてくるともおもえない。

よほどの理由でもあったのだろう。

石橋は筒井紀伊守直属の内与力で、隠密を配下に置いていた。

ほかでもない、雪乃も配下のひとりだ。石橋の口から奉行の奔命《ほんめい》が伝えられ、雪乃は命懸けの探索におもむく。探索の中味は極秘だが、大名家に関わる抜け荷であったり、世を騒がす群盗の追跡であったり、とうてい一筋縄でいかぬものばかりだった。

石橋にとって、雪乃は手駒のひとつにすぎない。おそらく、落命しても眉ひとつ動かさず、憐憫《れんびん》の情はしめすまい。そうした鉄面皮《てつめんぴ》のごとき男を、半四郎は常日頃から毛嫌いしていた。

もちろん、おふきの件に関しては私情を挟むべきではない。わかっているつもりだが、石橋の名を聞いただけで不審の念は募《つの》った。

「さ、どうぞ」

出された茶碗を無造作に持ち、半四郎は茶を啜《すす》った。

「うえっ、渋いな」

「そいつは失礼しやした」

どこまでも、ひとを食った男だ。

安十は自分も茶を啜り、にんまり笑う。

「内与力の旦那にこうしろと言われりゃ、へえこら従うよりほかに手はありやせんぜ」

「余計なことは喋るなと、念押しされたのか」

「へへ、ま、そんなところで」

半四郎は一拍《いっぱく》間を置き、親しみを込めた口調で喋った。

「ほとけは、どうしたい」

「今時分は、早桶《はやおけ》んなかに納まっておりやしょうよ」

「傷口は調べたのか」

「ええ、出刃の傷でやしたよ」

「たしかに、おふきが出刃を握っていたんだな」

「手代のほかにも、何人かみておりやすからね」

「菜売りが七つ屋を殺らねばならぬ理由は」

「さあて、そいつがはっきりしやせん。おふきは菜を売りに立ち寄るだけの関わりだ。なのに、一線を越えちまった。ま、想像もつかねえことをしでかすのが、人間てものかもしれやせんがね」

「人間がどうしたって。てめえ、禅寺の坊主か」

「へへ、人は見掛けに寄らねえってことでやすよ。虫一匹殺せそうにねえ女でも、心の奥底には魔物を飼っているかもしれねえ。だけど旦那、殺った理由なんざ、この際どうだってよかありやせんか。魔がさすってこともありやしょうしね」

「魔がさすだと」

「大根を値切られて腹が立ったとか、悪態《あくたい》を吐《つ》かれて気づいてみたら出刃を握っていたとか。ただ、ひとつだけ引っかかることがあるにはあったな」

「言ってみろ」

半四郎は身を乗りだす。

「へい、おふきが握ってた出刃は、七つ屋の勝手にあった物でやした」

「ほう」

「菜売りってのは、菜切り包丁を携えておりやすでしょう。おふきもそうでやした。ところが、そいつを使わずに、わざわざ勝手の出刃を使いやがったんだ」

「たしかに、妙だな」

「偶さか、出刃が表口のどこかに転がっていたのかもしれねえし、あれこれ憶測《おくそく》してもきりがありやせんけどね」

半四郎はぐっと、睨みを利かせる。

「安十よ、おめえ、ほかにも何か隠してねえか」

「え、何をです。勘ぐりを入れられちゃたまんねえなあ」

「いいから、喋ってみな。おめえのひとことで、死ななくてもいい命が救われるかもしれねえんだ」

「旦那、どうしてです。何で、あんなぼたもちにこだわりなさるので」

「でえこ、でえこ」

半四郎は、菜売りの売り声をまねた。

「母親が贔屓《ひいき》にしていてな、朝一でおふきの声を聞かねえことにゃ、どうにも落ちつかねえのさ」

「なあるほど、合点しやしたぜ。おれだって、起きがけに豆腐屋の売り声を聞かねえことにゃ、一日じゅう落ちつかねえ」

「だろう」

安十は背筋を伸ばし、すっと襟を寄せた。

「申しあげやす。七つ屋の裏に住む長屋の嬶《かか》ァが、井戸端で怪しい男を見掛けやした。そいつがちょうど、徳介が殺されたすぐあとのことで」

「どんな男だ」

「ひょろ長《なげ》え勇《いさ》み肌《はだ》風の男で、年は三十のなかほど、どっちかの頬に刀傷が這《は》っていたんだとか。詳しいはなしは、嬶ァに聞いておくんなせえましよ」

安十はそう言い、嬶ァの名を教えてくれた。

「おしげだな、恩に着るぜ」

半四郎はにかっと笑い、尻を持ちあげる。

「おめえも存外に、はなしのわかる男じゃねえか」

「こそばゆいなあ、そんな褒めねえでくだせえよ」

「おめえも、おふきは殺ってねえと踏んでんだろう」

「旦那、たとい、そうだとしても、口にゃ出せやせんぜ。これ以上は堪忍《かんにん》だ」

「わかったよ、じゃあな」

半四郎は颯爽《さっそう》と袖をひるがえし、天神下の番屋をあとにした。

四

玄猪は炬燵《こたつ》開きの日でもあった。

夜道を歩けば、火鉢《ひばち》が恋しくてたまらなくなる。

同じ鉢でも、湯島天神の坂下には鉢植えが目立つ。

坂下町《さかしたちょう》の裏長屋に植木職人が多く住んでいるからだ。

緩《ゆる》やかな女坂《おんなざか》をたどり、社殿のある高台まで登れば、江戸は一望のもとにできる。

湯島天神は富籤《とみくじ》興行の場所でもあることから、神社周辺はいつ来ても人出が多い。

ただし、夜は閑散としたものだ。

寒風が吹きぬける露地裏を、瘦せ犬が寒そうに横切ってゆく。

主人を失った扇屋は坂下町の横道を一本はいったところにあり、軒から歩駒《ふごま》の招牌《まねき》（看板）がぶらさがっていた。

「ごめんよ、邪魔するぜ」

呼びかけても返事はなく、どんよりとした空気が流れている。
半四郎は土間に踏みこみ、ぎくっとした。
遺された女房がひとり、帳場にじっと座っているのだ。
有明行燈《ありあけあんどん》に照らされた首筋が妙に白く、不気味な感じだった。
徳介の殺された土間には、まだ血痕《けっこん》が点々とこびりついている。
「内儀《おかみ》、はなしを聞かせてくんねえか」
もういちど呼びかけたが、返事はない。
半四郎はあきらめ、勝手口から裏手へ廻った。
頼りない月影のもと、古井戸がぼうっと浮かんでみえる。
雑草のからみつく簀戸《すど》を出て、裏長屋の一隅《いちぐう》に踏みこんだ。
おしげは小汚い部屋で、ぐうたら亭主といっしょに住んでいる。
もう休んでしまったらしく、ふたりの鼾《いびき》が外まで聞こえてきた。
「暢気《のんき》なもんだな」
半四郎は油障子を開け、裾を割って敷居をまたいだ。
脇に置かれた水瓶《みずがめ》の水を呑み、柄杓《ひしゃく》で瓶をかつんと叩く。
嬶ァと亭主が海老《えび》のように跳ね起き、眸子を白黒させた。

「よう、おしげさんかい」

気さくな調子で声を掛けると、嬶ァはこっくり頷いた。

亭主のほうは夜着《よぎ》を引っかぶり、こちらに背を向ける。

半四郎は上がり端に座り、つとめてゆっくり喋りかけた。

「七つ屋の徳介が殺られた件だ。おめえ、勇み肌風の男を見掛けたんだってなあ」

「へ」

きょとんとした鼻先に、十手を翳《かざ》してやる。

おしげは絞められた鶏《にわとり》のように「ひぇっ」と、咽喉《のど》を引きつらせた。

「この辺りじゃ見掛けねえ面《つら》だったかい」

「は、はい」

「年は」

「三十なかばかと」

「痩せて背の高《たけ》え男か」

「はい。右頬に百足《むかで》が這ったような刀傷《かたなきず》がありました。旦那、あれは博打打《ばくちう》ちですよ、きっと」

「どうしてわかる」

「うちの亭主がそうなんで、ぬへへ」

「なるほど」

「辛気《しんき》くさい感じの男でしてね、居なくなってすぐに、扇屋さんの表口から悲鳴が聞こえてきたんですよ」

「そいつは女の悲鳴かい」

すかさず、半四郎は食いついた。

おしげはあからさまに、迷惑そうな顔をする。

「ええ、女ですよ」

「ひょっとして、菜売りのおふきじゃねえのか」

「そこまではどうも、あたしにゃわかりません」

悲鳴の主がおふきだとすれば、血だらけで土間に転がった徳介をみつけたとも考えられる。みつけて驚き、大声を張りあげたのだ。しかし、包丁を握っていたのが解《げ》せない。遺体となった男の左胸から出刃包丁を引きぬき、がたがた震えているところを手代にみつかったのだろうか。それならなぜ、包丁を抜かねばならなかったのか。

「おめえ、手代のことも知ってんのか」

「ええ、嘘《つ》の吐けないおひとですよ」

「そうかい」

腕組みして考えこむ半四郎を、おしげはあつかいかねたようだ。

「旦那。いったい、どうしたってんです。あの女が扇屋のご主人を殺めたんでしょう。だって、殺ってなきゃ殺ってないって、堂々と申しひらきすりゃいいのに、ぼたもちはあっさり罪をみとめたんですよ」

おしげの言うとおりだ。

なぜ、おふきは無実を主張しないのか、それが最大の謎であった。

何かある。

それが何かはわからない。

ともかく、刀傷の男を捜しださねばなるまい。

半四郎は亭主の空鼾を聞きながら、襤褸《ぼろ》長屋から遠ざかった。

あれこれ考え事をしながら、同朋町《どうぼうちょう》の露地裏に迷いこむ。

夜更けになれば、安化粧の商売女が出没するあたりだ。

「おい、八尾」

唐突《とうとつ》に、名を呼ばれた。

仰天《ぎょうてん》して、振りかえる。

「抜くな」

半四郎はこのとき、刀の柄に右手を添えていた。

見覚えのある顔が、暗がりからのっそりあらわれた。

「あ、石橋さま」

「わしを存じておるのか」

雪乃にいつも難題を課す男だ。知らぬはずはない。

「おぬし、ここで何をしておる」

こっちが聞きたいと、半四郎はおもった。

それと察したのか、石橋はすかさず応える。

「天神下の安十を訪ねたら、おぬしがこの辺りを嗅ぎまわっていると聞いたものでな。七つ屋殺しの一件を調べておるのか」

「はあ」

「なぜだ」

「菜売りのおふきと顔見知りなもので」

「ほう、顔見知りなのか」

石橋は感情を面《おもて》に出さず、命令口調で淡々とつづけた。

「おふきを詮議したのは、このわしだ。結果は黒、わしの判断に誤りがあると申すのか」

ためらいもみせず、半四郎はうなずいた。

「いかにも」

「証拠は」

「ござりませぬ」

「笑止《しようし》な。わしを愚弄《ぐろう》するのか」

「いいえ」

「おふきが白ならば、黒と断じたわしも無事では済まぬ。わかっておろうな」

「無論です」

「されば、おぬしも命懸けで事に当たらねばなるまい。わしと刺し違える肚《はら》がなければ、深入りはせぬことだ」

「どういうことです」

「おふきには病んだ父がおる。父ひとり子ひとりでな、おふきは何よりも父のことを案じておるのさ」

まんがいち、おふきが打ち首となっても、父親の面倒は死ぬまでみてやると、石橋は約束したらしい。

半四郎は首をかしげた。

「わかりませんな。父親の面倒をみる代わりに、無実の菜売りを土壇に送るのですか」

「口書がある以上、無実ではなかろう」

「されど、おふきは下手人にあらず。石橋さま、そうなんでしょう」

「無礼なやつだな。邪推《じゃすい》がすぎるぞ」

半四郎は叱りつけられ、不敵な笑みを浮かべた。

「これ以上、深入りするな、ですか。なにゆえ、わざわざ念押しに来られたのです」

「おぬしが南町奉行所でいちばん骨のある男だからよ。下手《へた》にからまれると、あとが面倒だからな」

「面倒とは、どういうことです」

「事と次第によっては、おぬしを斬らねばならぬということさ」

「何ですと」

半四郎は足を前後に開き、半身になって構えた。

「ほれ、そうやって牙《きば》を剝くな。身内ではなく、辻強盗にでも牙を剝け。されば、申しつけたぞ。この一件に首を突っこむな」

皮肉まじりの笑みを残し、石橋は去ってゆく。

ひとつだけ、はっきりしたことがあった。

やはり、おふきは七つ屋を殺めていない。

誰かの身代わりになったか、させられたのだ。

「くそったれ」

名状し難い憤《いきどお》りが、腹の底からわきあがってくる。

やめろと言われて尻込みするほど、やわではない。

「こうなったら、とことん、やってやろうじゃねえか」

鼻息も荒く、半四郎は吐きすてた。

五

七つ屋殺しの裏には、何らかの特別な事情が隠されている。

翌日、大いに迷ったすえ、雪乃を訪ねてみようとおもった。

石橋主水の動きを、わずかでも探りたかったのだ。

住まいは同じ八丁堀の内、雪乃の母の命日には必ず訪れているが、半四郎は敷居をまたごうとして二の足を踏んだ。

菜美と結納を交わしたことに、後ろめたさを感じているのだ。

雪乃の父親の楢林兵庫《ひょうご》は元徒目付《かちめつけ》だが、数年前から胸を患《わずら》っている。

見舞いに託《かこつ》けて訪れるつもりだったが、何となく足が遠のいていた。

迷いを振りきり、半四郎は敷居をまたいだ。

人の気配はするものの、雪乃は留守らしい。

「ひとり相撲だったな」

半四郎は苦笑した。

掠《かす》れた声が聞こえてくる。

「どなたかな」

「八尾半四郎にござります」

ごそごそ着替える音がし、兵庫が玄関口までやってきた。

蒼白い顔に笑みを浮かべる様子が、あまりにも痛々しい。

「おう、半四郎どのか」

「ごぶさたしております。あの、雪乃どのは」

「はてさて、どこに潜んでおるのやら。これが最後の御奉公と申し、寝食《しんしょく》も惜しんで励んでおるわい」

「最後の御奉公ですか」

「立ち話も何だから、おあがりなされ」

「いえ、ご迷惑はお掛けできません」

「遠慮することはない。病人相手で嫌かもしれぬが、たまには付き合ってくれ」

「はあ」

半四郎は雪駄《せった》を脱ぎ、導かれるままに仏間へ向かった。

いつもどおり、仏壇に線香をあげると、兵庫が茶を淹れてくれる。

「さ、どうぞ」

「恐縮にござります」

茶を啜ったところで、兵庫が穏やかな笑みを向けてきた。

「お聞きしましたぞ。何でも、結納を交わされたとか。お祝いに参じねばならぬところじゃが、何せ、このからだゆえな」

「とんでもないことでございます。わたくしごときのことで、ご足労いただくわけには」

「お相手はどのような娘さんかな。差しつかえなければ、お聞かせ願いたい」

「菜美と申します。親戚の娘で、勘定方の役人の家にいちど嫁いでおります」

「年は」

「二十三です」

「雪乃よりひとつ年下か」

兵庫はつぶやき、物悲しげな顔をする。

従前《じゅうぜん》より半四郎を気に入っており、雪乃といっしょにさせたがっていたのだ。

兵庫は長いあいだ本心を表に出さなかったが、病に倒れてからはすっかり弱気になり、おのれの素直な気持ちを隠すこともしなくなった。

「上野国の矢田藩《やたはん》から、再三再四、使いが訪れてな、雪乃をお殿様の側室に迎えたいとの仰せじゃ」

やはり、噂はほんとうだった。

半四郎は、どうしようもない胸苦しさを感じた。

「わしにはわからぬ。雲をつかむようなはなしでな。あれさえ幸せになってくれれば、それでいいのじゃが」

「雪乃どのは何と」

「つい先日、隠密働きも潮時だと漏らしおった。最後の御奉公とは、そういうことじゃ。はっきり側室になると口にしたわけではないが、その気がなければ役目を退《しりぞ》くこともなかろう」

「さようですか」

「わしを楽にさせようとして、決めたにちがいない。申しあげても詮無《せんな》いことじゃが、雪乃が心を決めたのは、半四郎どのが結納を交わされた直後のことであった」

「え」

わずかな沈黙が重く感じられた。

「すまぬ。これは父親の未練じゃ。おぬしといっしょにさせたかったが、世の中、そうはうまくいかぬものらしい」

半四郎は返答に窮し、温《ぬる》くなった茶を啜った。

兵庫は首を振り、気怠《けだる》そうに尋ねてくる。

「ところで、今日は何用かな」

「じつは、役目上のことで」

無駄なこととは知りつつも、半四郎は七つ屋殺しの経緯《いきさつ》を語った。

兵庫は眸子を瞑《つぶ》って耳をかたむけ、仕舞いには長々と溜息を吐いた。

「哀れな菜売りよの。されど、口書まで取られておるかぎり、この一件をひっくり返すのは難しかろう」

「仰るとおりです」

「それでも、ひっくり返す気か」

「ええ、まあ」

「いかなる困難が待ちうけようとも、手をこまねいて放ってはおけぬ。ふふ、それが八尾半四郎の美点じゃな。十手持ちの失ってはならぬもの、それは良心じゃ。昨今、良心ということばほど、十手持ちに不似合いなことばも見当たらぬ。雪乃に聞けば、石橋主水の狙いがわかるとでも」

「はい」

「雪乃は知るまい。知っておったとしても、容易には漏らさぬ。隠密じゃからな。相手が夫でも、血を分けた親兄弟でも、役目上の秘密は漏らすまいて」

それは、徒目付の兵庫みずからが厳しく教えこんだことでもあった。

「やはり、そうですか」

がっくりうなだれる半四郎に向かって、兵庫は憐れむような眼差しを送った。

「かれこれ、十数年前のことであったか、こたびの七つ屋殺しに似た一件を扱ったことがあった。殺られたのは高利貸しでな、行商の男が下手人としてあげられたのだが、よくよく調べてみると、そやつは偶さか通りかかっただけの男だった。真の下手人は人殺しを生業《なりわい》とするごろつきでな、雇ったのは大身の御旗本じゃ」

旗本は高利貸しに数千両もの借金があった。借金を帳消しにすべく、人殺しを雇って高利貸しを殺め、行商に罪をなすりつけたのだ。

「真相が明らかになったのは、行商が首を落とされたあとさ。町奉行所の与力同心も揉み消しに関わっておった。いずれにしろ、一足違いよ」

しかも、確乎《かっこ》たる証拠がみつかったわけではなかった。

「わしは自棄酒《やけざけ》を啖《くら》い、余勢を駆って駿河台の旗本屋敷に向かった。だが、厳《いか》めしげな門のまえに立ったら、足が竦んでしまってな。こんちくしょうと叫び、飛んで帰ってきた。負け犬の遠吠《とおぼ》えじゃ」

「その旗本、どうなったのです」

「数年後、勘定奉行《かんじようぶぎよう》に昇進しおった。ふん、本物の悪党はのうのうとはびこり、弱い者だけが虐《しいた》げられる。いつの世も同じじゃ」

「困ったものですな」

半四郎は、重い溜息を吐くしかない。

兵庫はつとめて、明るく笑った。

「うはは、すっかり愚痴《ぐち》を聞かせてしもうたな」

「いいえ、貴重なおはなしを拝聴できました。雪乃どのの良縁が実を結ぶよう、陰ながら祈っております」

「淋しいことを申すな。これからも気軽に足を向けてくれぬか」

「かしこまりました」

半四郎はお辞儀をし、兵庫のもとを去った。

屋敷から離れるにつれ、雪乃との縁も遠のいてゆく。

いずれにしろ、兵庫に授けられた教訓は無視できない。

御用聞きの仙三《せんぞう》にも声を掛け、扇屋から大金を借りた旗本を片端から探ってみようとおもった。

六

三日目の早朝、半四郎は豊吉を迎えるべく、小伝馬町の牢屋敷に向かった。

厳めしい門の脇に植わった楓の葉は、ずいぶん紅葉がすすんでいる。

「ごくろうさまでござります」

六尺棒を握った門番に見送られ、表門を潜った。

奥行き五十数間におよぶ敷地は細かく区切られており、向かって左手の北西面に長屋造りの牢屋敷が並んでいる。牢屋敷の向かい側には拷問蔵《ごうもんぐら》が控え、敷地の東寄りには揚座敷《あがりざしき》棟と百姓牢《ひやくしようろう》が建ち、東の角には死罪場と様斬場《ためしぎりば》があった。

半四郎は中央の玄関からはいって、右手の穿鑿所《せんさくじよ》におもむいた。

穿鑿所の裏手は同心長屋、塀をふたつ隔てた南寄りには囚獄石出帯刀《しゆうごくいしでたてわき》の役宅がある。

殺風景な部屋で待っていると、牢屋見廻り同心の錦田公平が顔を出した。

まっさきに、おふきの様子を尋ねてみると、渋柿《しぶがき》を食ったような顔をされた。

何でも、おふきは入牢した晩、女牢名主とその手下どもから、こっぴどい仕打ちを受けたという。

「一晩中、きめ板で叩かれたのよ。仕舞いには糞饅頭《くそまんじゅう》を食わされてな、ぼたもちが糞饅頭を食ったと、女囚どもが笑いおる。あまりにひどい仕打ちゆえ、おふきだけ小部屋に移しておいた。今は何とか平静を保っておるが、大部屋に戻したら、また連中の餌食《えじき》になるだろう。存外に芯の強いおなごだが、あと四日、持ちこたえられるかどうか」

「あと四日と、決まったのですか」

「いや、決まったわけではないが、奉行所への吟味届けを出し忘れでもせぬかぎり、四日で沙汰は下りよう」

真の下手人をみつけて再詮議を促すにしても、実質、三日しかないということになる。

半四郎は、がっくり肩を落とした。

「されど、あのぶんでは沙汰を待たずに、くたばっちまうかもしれぬ。そうしたおなごを何人もみてきた。ま、餅は餅屋、牢屋見廻り同心のわしに任せておけ」

「ひとつ、よろしくお願いいたします」

としか、言いようがない。

半四郎は丁寧にお辞儀をし、沈んだ面持ちで門まで戻った。

ちょうどそこへ、縄を解かれた豊吉が小者の先導でやってきた。

「あ、旦那、わざわざすみません」

「暇潰しに迎えにきてやったのさ」

豊吉は、ぐうっと腹の虫を鳴らす。

「よし、まずは腹ごしらえとゆくか」

「そいつは、ありがてえ」

ふたりは竜閑川《りゅうかんがわ》を渡って町屋に繰りだし、一膳飯屋に足を踏みいれた。

丼飯の大盛りと魚の煮付け、それに一升徳利《いっしょうどっくり》を注文する。

豊吉は蟒蛇《うわばみ》のように呑み、丼飯をかっこんだ。

さらに、お代わりを何度もする。

あまりの凄まじい食いっぷりに、半四郎は辟易《へきえき》とさせられた。

「さすがだな。飯も酒も、あっというまに消えちまう」

「何から何まで、旦那にはご面倒をお掛けしやす」

「ま、いいってことよ」

「でも、どうしてです。おいらみてえな半端者のために、どうしてここまでしてくれるんです」

「おれは勧進相撲が好きでな、なかでも、小兵が大兵《だいひょう》を恐れもせず、ぶちあたってゆく様がたまらねえのよ。おれに金さえありゃ、豊乃海のひいき筋になっていたんだがな」

「旦那」

豊吉は目に涙を溜め、洟水《はなみず》を啜りあげた。

全盛期をおもいだし、今の惨《みじ》めさを噛みしめているのだろう。

「ところで旦那、菜売りの女はどうしやした」

「気になるのか」

「ええ、あの女、殺ってやせんぜ」

「この前もそう言っていたが、どうしてわかる」

「殺しのできる目をしてねえ。たぶん、誰かを庇《かば》ってやがるんだ」

「なに」

庇っているとすれば、扇屋徳介を殺した真の下手人ということになる。

「あの女、意志の強《つえ》え目をしておりやした。いちどこうと決めたら、梃子《てこ》でも動かねえ。あっしにゃ、そんなふうにみえたなあ」

「おめえ、ずいぶん、おふきにこだわるじゃねえか」

「牢に繋がれているあいだ、あの女のことが片時も頭から離れねえ。どうしちまったんだろうって、自分でも首をかしげているんですよ」

「まさか、ほの字じゃあんめえな」

半四郎は微笑みながら、ぐい呑みを酒で満たしてやる。

「てへへ、ども」

豊吉の顔は、紅葉のように赤くなった。

「ひょっとしたら、惚れたのかもしれねえな」

「おめえ、おふきが何て呼ばれているか、知ってんのか」

「ぼたもちでやしょう。小耳に挟みやしたよ。旦那、見た目なんざ、どうだっていいんだ。おいらは、落ちついた暮らしがしてえんです。おいらに本気で惚れてくれる誰かといっしょになって、のんびり暮らしてえだけなんだ。おふきは哀しみを知ってる。惨めな自分を知ってる。世間の風がどれだけ冷てえか、肌身で知ってる。ああした女じゃねえと、おいらと気持ちは通じねえ。旦那、どうか、おふきを救ってやってくだせえ」

縋《すが》るような眼差しを向けられ、半四郎は月代《さかやき》を掻いた。

「おめえはいいやつだな。おめえのためにも救ってやりてえが、ぐずぐずしちゃいられねえんだ。あと三日、それまでに真の下手人をみつけることができねば」

「できねば、何だってんです」

「おふきは、首を落とされる」

「げっ」

豊吉が狼狽《うろた》えたところへ、御用聞きの仙三がやってきた。

「旦那、遅くなりやした」

「おう、待ってたぜ」

仙三は夕月楼の金兵衛に紹介された廻《まわ》り髪結《かみゆ》い、機転は利くし、度胸もある。

「で、どうだった」

「ざっくり、調べてめえりやした」

仙三は懐中から、借り手と金額の綴られた紙片を取りだした。

「扇屋は幕臣の借り手をごっそり握っておりやしてね、一千石未満の旗本御家人ってことになると、きりがねえ」

そこで一千石以上の旗本に絞ってみると九件あり、そのなかには三千石以上の大身も二件ふくまれていた。

半四郎は眉根を寄せ、紙片を睨みつける。

「ひとりは駿河台の村井丹後守《むらいたんごのかみ》で八百両、もうひとりが本所相生町《ほんじょあいおいちょう》の青木七郎左衛門《あおきしちろうざえもん》で千二百両か。青木の借金が九件のなかでも、飛びぬけているようだな」

「へい、今ごろは借金がちゃらになって、大喜びでしょうよ」

遺された扇屋の内儀は亡くなった徳介とは内縁関係にあったが、貸付証文を相続する権利は持っていないという。

「七つ屋が死んで喜んでいる野郎が、ごっそりいるってことだな」

「仰るとおりで」

「ちょいと、よろしいですか」

豊吉が横から口を挟んだ。

「本所の青木さまなら、よく存じておりやす」

「ほ、そいつは天の助けだな」

「半年ほど抱えてもらったことがありやしてね。お殿様は妙な性癖の持ち主で、祝い事と称しては客を呼びあつめ、力士と牛を闘わせたり、牛なみの犬と闘わせたり、どちらかが血を流して苦しむ様子を喜んで眺めているようなお方でした」

「けっ、性分《たち》のわるい旗本だぜ。ん、待てよ」

半四郎はふと、宙に目を泳がせた。

「青木七郎左衛門てな、御目付《おめつけ》じゃねえのか」

「ご名答」

豊吉と仙三が、同時に漏らす。

「仰るとおり、ご自身は御目付ゆえ、まだ抑えを利かせておられやした。ところが、三九郎《さんくろう》っていう無役の次男坊がおりやしてね、こいつが性悪な野郎で、青木家の小鬼《こおに》と呼ばれておりやした」

「小鬼か」

「呑む打つ買うは当たり前、いつぞやの暮れなんぞは、小鬼のつくった借金が数百両に膨らみ、五十人を超える座頭《ざとう》どもに御屋敷が囲まれやしてね」

座頭たちを追いはらうべく、豊吉も駆りだされた。

「座頭どもを叩きのめすのは、気が滅入る役目でやした」

「なるほどな」

目付は職禄一千石の重職、幕臣の風紀紊乱《ふうきびんらん》を正す憎まれ役だが、奉行職へ繋がる出世の道筋でもある。役目柄、清廉《せいれん》であることが求められるため、三九郎のような者が身内にいると出世は危うくなる。家屋敷が座頭に囲まれるなど言語道断《ごんごどうだん》、即刻、御役御免《おやくごめん》の沙汰を受けても詮無いところだが、青木七郎左衛門という男、そのあたりを上手に乗りきることのできる人物のようだった。

半四郎はためしに、おしげが目にした男のことを訊いてみた。

豊吉はしばらく考え、ぱしっと膝を打つ。

「右頬に百足傷《むかできず》のある勇み肌風なら、小鬼の手懐《てなず》けた連中のなかにひとりおりやす。利兵衛《りへえ》といいやしてね」

自慢げに言う豊吉によれば、利兵衛は露天商の区画割りをして銭をとる地割師《じわりし》らしい。

「地割師か」

「山狗《やまいぬ》みてえな野郎でしてね、刃物を持たせたら何をしでかすかわかったもんじゃありやせん」

「そいつだ」

と、半四郎はきっぱり言いきる。

豊吉は、目をぱちくりさせた。

「旦那、何がです」

「七つ屋を刺した屑野郎《くずやろう》さ」

半四郎はぐい呑みを干し、やおら立ちあがった。

「仙三、地割師の利兵衛を捜しだせ」

「合点で」

「おれは本所の青木屋敷に行く」

豊吉も、跳ねるように立ちあがった。

「旦那、あっしも行きやすぜ」

「しょうがねえ、従《つ》いてきな」

「へい」

ふたりは肩を並べ、本所に向かった。

七

青木邸は本所相生町五丁目の角地にあった。

町屋を挟んで南には、亀戸《かめいど》に通じる竪川《たてかわ》が流れている。

さすがに三千石の大身だけあって、門構えは立派で敷地もひろい。

正面から挑んでも門前払いに遭うだけなので、半四郎は一計を案じた。

豊吉を使って、ひと芝居打つことにしたのだ。

「さあ、お立ちあい。独り相撲のはじまり、はじまり」

豊吉は門前に躍りだすや、太い咽喉を振りしぼった。

往来の左右に居並ぶのは旗本屋敷ばかりだが、道ひとつ隔てた裏手は町屋、町人や職人の往来もあるので、野次馬には事欠かない。

「さあて、東に控えまするは能登《のと》出身の豊乃海、かたや西に控えまするは越後《えちご》の黒姫川《くろひめがわ》」

豊吉は見物人に背中を向け、両手で自分の背中を抱き、組みあったようにみせかける。

「のこった、のこった」

ばかばかしい趣向だが、見物人どもはけっこうおもしろがっている。

しかも、すぐそばで廻り同心が楽しそうに見物しているものだから、気兼ねせずにやんやの喝采を送りはじめた。

「負けるな、倒しちまえ」

「よし、それい」

「うわっ、おっとっと」

投げを食らった豊乃海が片足一本で残し、逆しまに黒姫川を投げふせる。

豊吉が豊吉を地面に叩きつけ、土煙が濛々《もうもう》と舞いあがると、野次馬のあいだから一段と大きな喝采が沸《わ》きおこった。

だが、青木家の門番は苦虫を嚙みつぶしたような顔をしている。

「そこな物乞《ものご》い、何をやっておる」

厳めしい門の内から、鬢《びん》の白い用人頭《ようにんがしら》が飛びだしてきた。

「不埒者《ふらちもの》め、御目付さまの門前を穢《けが》すでないぞ」

「おっ、出てこられたな」

豊吉は門の傍まで歩みより、ぬっと顔を差しだした。

「用人頭さま、お気づきになられぬか。拙者の顔を、ようくご覧あれ」

「あっ、おぬし、豊乃海か」

「いかにも。同じ飯櫃《めしびつ》を喰《くろ》うた者を、物乞い呼ばわりなされたな」

「放逐《ほうちく》された者が何をほざく。これはなんじゃ、嫌がらせか」

「どうとでも、お受け取りくだされ。拙者は御家の門前にて、気の済むまで独り相撲を取りつづける所存」

用人頭は半四郎をみつけ、顳顬《こめかみ》に青筋を立てた。

「おい、町方、その不埒者を捕らえよ」

「なぜ、拙者が」

「町方であろうが。何を惚けたことを抜かす」

態度がでかい。

応える気も失せ、しらっとした顔でいると、用人頭が股立《ももだ》ちを取って近寄ってきた。

「袖の下が欲しいのか」

と、鼻先に臭い息を吹きかけてくる。

半四郎は横を向き、鼻をほじくった。

用人頭を無視し、豊吉をけしかける。

「何をしておる、もう一番やってみろ」

「こ、こやつめ……されど、弱った。そろそろ、主人が帰宅する刻限じゃ」

それを承知のうえで、こうした茶番を演じているのだ。

用人ずれが何をほざこうとも、取りあうつもりはない。

やがて、辻向こうから、先触れがあらわれた。

「お殿様のおもどりじゃ。退《の》け、退け、道を開けよ」

野次馬どもが散ったところへ、仰々《ぎょうぎょう》しい駕籠《かご》の一団があらわれた。

駕籠が門前に達するや、豊吉はここぞとばかりに大音声《だいおんじょう》を張りあげる。

「お殿様、お役目、ごくろうさまにござりまする」

言うが早いか、その場で四股を踏み、地面を揺るがしてみせた。

駕籠の引き戸が開き、絹地の着物を纏《まと》った青木七郎左衛門がすがたをみせる。

豊吉を一瞥《いちべつ》し、鼻白んだ顔をした。

「何用じゃ、うつけ者」

「は、お殿様の御機嫌を伺いにまいりました。おもしろい趣向がおありならば、この豊乃海にもお声をお掛けくだされませ」

「ふん、犬も殺せぬ臆病者に何ができる」

ひとこと言いはなち、悠然と歩みだす。

豊吉は供人たちの制止を振りきり、七郎左衛門の行く手に躍りでた。

「仰せのとおり、いつぞやは犬殺しを避けて逃げました。なれど、このつぎはうまくやりまする。今いちど、機会をお与えくだされませ」

「いらぬ。窮した野良犬の遠吠えなぞ、聞きとうもない」

「お殿様」

「うるさい。成敗《せいばい》いたすぞ」

七郎左衛門は槍持ちから槍を奪い、眸子を怒らせてみせる。

と、そこに、半四郎の巨体がすっと近づいた。

「お待ちを」

「何じゃ、おぬしゃ」

「定町廻りにござります」

「んなものは、みりゃわかるわい。このわしを何と心得る。目付の青木七郎左衛門ぞ。おぬしのごとき木《こ》っ端《ぱ》役人が気軽に声を掛けられる相手とでもおもうておるのか」

「それは失礼いたしました。されど、ひとことだけ、ご報告をお許しくだされ」

「何じゃ」

「七つ屋殺しの一件、拙者が調べなおしております。ふふ、この一件には裏がござりましてな」

「なに」

七郎左衛門は、ぎろりと眸子を剝いた。

あからさまな動揺が、何よりの証拠だ。

青木家の当主は、七つ屋殺しに関わっている。

それがわかっただけでも、足労した甲斐はあった。

七郎左衛門は九尺の槍を握りなおし、疳高《かんだか》い声を張りあげた。

「町方風情《ふぜい》が、わけのわからぬことを抜かすな」

「平《ひら》に御容赦《ごようしゃ》を。ちなみに、拙者は南町奉行所の八尾半四郎にございます」

「それがどうした。去《い》ね、二度と顔を出すでない」

怒り心頭に発した人間の顔を、半四郎は久しぶりにみたような気がした。

ここまで怒らせておけば、何らかの反応があろう。

それが狙いでもあった。

「では、またいつか、お逢いしましょう」

半四郎は、遠ざかる七郎左衛門の背中に呼びかけた。

返事はない。

豊吉がかたわらで、さも嬉しそうに嗤《わら》いあげた。

八

予想どおり、敵はさっそく餌に食いついてきた。

何と、筒井紀伊守の役宅から呼びだしが掛かったのだ。

指定された部屋で待っていると、内与力の石橋主水があらわれた。

悲愴な表情を浮かべ、上座《かみざ》から諭すように語りかける。

「釘は刺しておいたはずだぞ」

「え、何のことでしょうか」

「とぼけるな」

一喝《いっかつ》されても、半四郎は平然とした態度でいる。

石橋はつづけた。

「目付筋からの依頼だ。七つ屋殺しの一件から手を引かねば、おぬしの十手を取りあげねばならぬ」

「つまり、御役御免ということですか」

「そうなるな」

「どういうことか、詳しくご説明を」

「旗本の威信に関わることだ。それ以上は言えぬ」

「石橋さま、そんなことでよろしいのですか。御目付がいったい、何だというのです」

「ふん、確たる証拠もなしに動きまわりおって。正直、迷惑しておるのだ。おぬしはな、奉行所の恥さらしじゃ」

「ぬははは」

半四郎は大口を開けて笑い、石橋主水を三白眼で睨みつけた。

「石橋さま、拙者は恥さらしですか」

「そうじゃ。ともかく、これが最後の忠告だぞ」

石橋は淡々と言いおき、部屋からすがたを消した。

「腑《ふ》抜《ぬ》けめ」

半四郎は悪態を吐き、拳で畳を叩きつける。

いっそ、奉行の筒井紀伊守に直訴しようか。

だが、身内を売るようなまねはしたくない。

役宅から逃れ、空を見上げた。

鰯雲《いわしぐも》が茜色《あかねいろ》に染まっている。

夕暮れは近い。

溜息が漏れた。

真相に近づいている気はしたが、無情にも刻《とき》は過ぎてゆく。

あと三日か。

急がねばならぬ。

半四郎は背を丸め、ひとつ目の辻を曲がった。

暗がりから白い手が伸び、ついと袖を引かれる。

「ぬわっ」

曲者《くせもの》。

ふわっと、丁字《ちょうじ》の香りが匂いたった。

白い顔があらわれ、蕾《つぼみ》のような朱唇《くちびる》が迫ってくる。

「ゆ、雪乃どのか」

「しっ、名を呼ぶな」

「え」

「おぬし、何を嗅ぎまわっておるのだ」

居丈高《いたけだか》な口調が、町娘に化けた装束にそぐわない。

「ぷっ」

おもわず、半四郎は吹きだした。

と同時に、平手打ちが飛んでくる。

躱《かわ》す暇もなく、頬に手形が付いた。

「痛っ、何をする」

「目を醒《さ》ましなされ。半四郎さまは今、危うい立場におられます。そのことを、わかっておられぬようだ」

「おれは、七つ屋殺しを調べているだけだ」

「存じております。あらましは、父から聞きました」

雪乃の目は、獲物を狩る牝豹《めひょう》の目だ。

「なれば、おふきのことも」

「もちろん、聞きました。わたしの手助けをお望みなら、お門違いです。さきほど、石橋さまから、密命をひとつ授かりました。悪党をひとり、葬《ほうむ》らねばなりませぬ」

「悪党ってのは」

「半四郎さまの捜しておられる相手」

「まさか、地割師の利兵衛」

「だとしたら、どうなされます」

「そいつは口封じだ。くそっ、石橋のやつ、雪乃どのに理不尽《りふじん》な殺しをさせる気か。まったく、許せねえ野郎だな」

「悪口はおよしなされ」

「あの野郎、どうもいけすかねえ。雪乃どの、そうはおもわぬか」

「好き嫌いで、隠密御用は果たせませぬ」

「そりゃそうだが、利兵衛を葬るって本気かい」

「ええ、本気です」

「あのな、利兵衛が七つ屋を殺ったんだぜ。真犯人がほとけになりゃ、おふきを救う手だてがなくなる」

「たとえ、そうだとしても、上役の命にはしたがわねばなりませぬ」

凛然《りんぜん》と言ってのける雪乃を、半四郎はじっとみつめた。

「でも、どうしてそれを、おれに教えてくれるんだ」

「それは、半四郎さまに余計な動きをさせぬためです」

雪乃は口を尖らせ、怒ったように睨みつける。

「半四郎さまが意地を張って深みにはまり、罰せられでもしたらたいへんです。お母さまはきっと、お嘆きになることでしょう。下谷《したや》の半兵衛さまの顔も、潰すことになりましょう。それに」

と言いかけ、雪乃は睫《まつ》毛《げ》を伏せた。

「それに、何だい」

「半四郎さまが、どなたかと結納を交わされたと聞きました」

「え」

半四郎は絶句した。

「ね、やっぱり。たいせつなお方のためにも、この一件に関わるのはおよしなされ」

そんなことは、どうだっていい。

猶予《ゆうよ》は、あと三日しかないのだ。

明後日の夕刻までに無実を証明できねば、おふきへの沙汰が下りてしまう。

いちど奉行の沙汰が下りてしまえば、何人《なんぴと》たりとも反論することはできない。

「半四郎さま、おわかりですね。これ以上、関わってはなりませぬ」

何か言いかけ、半四郎は口を噤《つぐ》んだ。

おそらく、雪乃も苦しんでいるにちがいない。

情け深い本来の自分と、非情に徹しなければならぬ役目との狭間《はざま》で、心は揺れ動いているのだ。

そうした動揺をおくびにも出さぬところが、雪乃の偉いところでもあった。

「くそっ」

何とも、やりきれない気分だ。

半四郎は腹の底に、怒りを溜めこむしかなかった。

九

心配事がひとつあった。

おふきの父親のことだ。

半四郎は神田川に向かい、八《や》ツ小路《こうじ》の手前で連雀町《れんじやくちよう》の露地裏にはいった。

木戸番の親爺に所在を尋ね、どぶ板を踏んで長屋の奥へすすむ。

教えられた部屋の戸は半ば開き、冷たい風が吹きこんでいた。

内は真っ暗で、饐《す》えた臭いに鼻をつかれる。

「ごめんよ、吾作《ごさく》さんはいるかい」

父親の名を呼んだが、反応はない。

「死んでんじゃねえだろうな」

雪駄も脱がず、部屋にあがった。

夜具にくるまったかたまりを揺り起こす。

「おい、生きてんのか」

わずかに、息遣いが聞こえた。

充血した眸子が、闇の底からみつめかえしてくる。

「おい、とっつぁん。生きてんなら、返事くれえしろ。おれは定町廻りの八尾半四郎ってもんだ」

吾作はもぞもぞ蠢《うごめ》き、夜具を脱ぎはじめた。

蓑虫《みのむし》のように抜けだし、上半身を起こそうとする。

が、その力もない。

「飯を食ってねえのか」

「へえ」

おふきが捕まってから丸三日、何ひとつ腹に入れていないらしい。

眸子は落ち窪《くぼ》み、頬は瘦《こ》け、喋るのも億劫《おっくう》がっている。

上下するのどぼとけが、薄い皮膚を破って出てきそうだ。

「よし、腕を寄こせ」

半四郎は糞溜めのような臭いに顔をしかめながら、親爺を抱き起こした。

そして、背に負う。

あまりに軽すぎて、夜具だけ背負ったのではないかとおもった。

吾作は背負われ、げほげほと嫌な咳《せき》をしはじめる。

半四郎は口を真一文字に閉じ、伝染《うつ》されぬように息を止めた。

「お、お役人さま……ど、どこに行きなさるので」

「喋るんじゃねえ。おれに任せておけ」

「お、おふきはまだ……い、生きておりやすんでしょうか」

「ああ、生きてるよ」

半四郎は長屋の裏木戸を抜け、神田川に向かった。

行き先はきまっている。柳橋の夕月楼だ。

今宵は恒例の歌詠み会、今時分は仲間たちが鍋を囲んでいるはずだ。

すでに、亭主の金兵衛には事のあらましを伝えてあった。

何か、妙手を考えてくれているかもしれない。

半四郎は淡い期待を抱きつつ、夜道を急いだ。

柳橋までは一本道、柳原土手《やなぎわらどて》に沿って大川をめざせばよい。

「旦那」

背中の親爺がまた、かぼそい声をあげた。

「おふきは、殺しなんぞ……で、できやせん」

「ああ、わかってるよ」

「利兵衛ってやつを庇って……っ、捕まったんだ」

「あんだと」

半四郎は足を止める。

親爺は必死に喋った。

「て、天神下の、や、安十親分に聞かれたんだ……ほ、頬に刀傷のある、い、勇み肌風の男を知らねえかって」

「おめえは何と」

「親分にゃ、知らねえと応えやしたがね……そ、そいつはきっと、地割師の利兵衛にちげえねえと、あっしはすぐに合点しやした」

吾作は、ふっと黙りこむ。

枝垂《しだ》れ柳《やなぎ》の木陰から、白塗りの夜鷹《よたか》がやってきた。

「ちょいと、お兄さんたち」

と声を掛けたが、鬼のような顔の半四郎をみつけるや、尻尾《しっぽ》を巻いて逃げてゆく。

半四郎が歩きだすと、吾作が切れ切れに喋りかけてきた。

「さ、三年前、湯島天神の境内で……あ、あの男に助けられたことがありやした」

そのころ、吾作はまだ病んでおらず、香具師《やし》を生業にしていた。

境内の場所取りで地廻りと揉めているところを、利兵衛に救われたのだという。

「地廻りの若い衆が、傍らにいたおふきに……ひ、ひでえことばを浴びせやした……し、醜女《しこめ》のぼたもちが、客商売するんじゃねえとか何とか。そんとき、利兵衛はものもいわず……そ、そいつらをこてんぱんにのしちまったんです。おふきは地べたに額を擦りつけ、泣きながら何度も礼を言いやがった……あ、あんときに受けた恩は、おふきにしてみりゃ……や、山よりも重かったはずだ」

吾作は苦しげに咳きこみ、それでも黙ろうとしない。

「何の因果《いんが》か、おふきは七つ屋で……り、利兵衛をみちまったにちげえねえ。七つ屋殺しの下手人を買ってでたのは……お、恩返しのつもりだったんでさあ」

たったいちど救ってもらっただけの相手のために、自分の命を捨てることができるのだろうか。

信じがたいはなしだが、吾作の言うとおり、それが真相なのだろうと、半四郎はおもった。

「だ、旦那……お、おふきを助けてやってくだせえ……あ、あれは見てくれのわりい莫迦な娘でやすが、心根の優しさは誰にも負けねえ……こ、こんな親でも見放さずに世話をしてくれ、朝から晩まで身を粉《こ》にして働いてくれるんです」

「わかってらあ。御牢でもな、おめえのことだけを心配《しんぺえ》しているらしいぜ」

「ほ、ほんとですかい」

「ああ、ほんとうさ」

「くそっ……うう……お、おふき、おふきよう」

半四郎の背中は、吾作の涙と鼻汁でぐしょぐしょになった。

十

半四郎を中心にして、三人の仲間が鍋を囲んでいる。

時節柄、鹿肉《しかにく》を煮込んだ紅葉鍋であった。

「吾作の様子はどうだい」

半四郎に問われ、亭主の金兵衛が微笑んだ。

「だいぶ弱ってはおりますが、命に別状はありません。女将が粥《かゆ》を食わせて介抱《かいほう》してやったら、鼾をかいて寝ちまいました」

「そうか。世話を掛けるな」

「八尾さまらしくありませんな。萎《しお》れた菜っ葉のような顔をされたら、菜売りは救えませぬぞ」

「駄洒落《だじゃれ》か。笑えねえな」

「しかし、こたびの一件は難題ですな」

金兵衛は銚子を取り、酌をする。

半四郎は口を盃に近づけ、一気に呷った。

「明後日の夕刻までだ。それまでに利兵衛を捕まえ、口を割らせなきゃならねえ」

「一刻の猶予もなし、というわけか」

照降長屋に住む浅間三左衛門が、盃を置いて口を挟む。

「かりに、利兵衛なる者を捕らえて口を割らせたにしても、おふきを牢から出すのは難しそうだな」

「浅間さんの言うとおりでね、内与力の石橋主水って野郎が阻《はば》もうとするにちがいねえ。けど、そこは刺し違える覚悟で突っこむしかねえんだ」

「さすがは八尾さま、見得《みえ》を切ったおすがたは團十郎《だんじゆうろう》でもおよぶまい」

手を打つ金兵衛の脇で、三左衛門は鹿肉を頬張り、上等な酒を流しこむ。

向かいに座る天童虎之介だけが、仏頂面で酒を呑みつづけていた。

沈んだ様子が気になるのか、半四郎が声を掛ける。

「どうした。茄子《なす》のへたでも囓《かじ》ったような面《つら》しやがって」

「どうにも許せぬのです」

虎之介は拳を固め、どんと畳に叩きつけた。

一同が驚いて注目する。

「青木七郎左衛門なる目付、武士の風上にもおけぬ輩《やから》だ」

「なあんだ、そっちのはなしか」

「八尾さま、いかがです。今から斬りこみをはかっては。青木父子を引っ捕らえ、悪事を吐かせてやりましょう」

「そいつがいちばん、手っ取り早えかもな」

半四郎は乗り気のない顔でこぼし、不味《まず》そうに酒を呷る。

代わりに、金兵衛が応えてやった。

「天童さま、まあ、落ちついて。御目付屋敷ともなれば、用人の数も十や二十では済まぬでしょう。策もなく闇雲《やみくも》に斬りこんでも、犬死にするだけのはなし。それに、ちと困ったことになっているようだ」

「どうしたのです」

「手下《てか》を使って探りを入れてみたところ、三九郎っていう次男坊はどうやら、屋敷のどこかに幽閉《ゆうへい》されているらしいのです」

「え」

驚いたのは、虎之介ひとりだ。

半四郎も三左衛門も、すでに聞かされていた。

「いずれにしろ、次男坊を捕らえるのは至難の業ですな」

「金兵衛の言うとおり、斬りこみをかけるのは最後の手だ」

「ほう、それでも、八尾さまは手管のひとつとお考えなので」

「詮方あるまい」

金兵衛は意味ありげに笑い、三左衛門と虎之介を交互にみやる。

「菜売り女を救うために、こうまで必死におなりになる。そんな同心が、どこの世におりましょう。八尾さまこそが、南町奉行所の良心ですな。この金兵衛、久方ぶりに感銘を受けました」

「わしもだ」

三左衛門は言い、盃をあげた。

「さあ、町方の良心に祝杯をあげようではないか」

半四郎もふくめた四人が、さっと盃をあげた。

それが済むと、虎之介は何をおもったか、刀を抜いてみせる。

半四郎と三左衛門が意図を察し、いずれも刀を抜いてみせた。

鋼《はがね》と鋼を合わせ、鬨《とき》の声をあげる。

「まるで、討ち入り前夜ですな」

金兵衛は、本心から笑えない。

いざとなったら、三人は斬りこみをかける肚なのだ。

無謀とも言うべきはなしが、にわかに現実味を帯びてきた。

十一

四日目は一日じゅう足を棒にして歩きまわったが、徒労に終わった。

だが翌日、おふきが捕縛されて五日目、利兵衛に関わる有力な情報がもたらされた。

おもいがけず、樒林兵庫が文遣いを寄こしたのだ。

文には、雪乃が出向こうとしている先が記されてあった。

――北品川宿《きたしながわしゆく》、東海寺《とうかいじ》境内。

沢庵和尚《たくあんおしよう》に因《ちな》む東海寺といえば紅葉の名所、今時分は人出も多かろう。

見物客を当てこんで香具師たちが葦簀《よしず》張りの見世を出すので、配置をきめる地割師が出没する公算は大きい。

利兵衛の所在に結びつく手懸かりだった。

兵庫が勝手にやったことなのか、それとも、雪乃の気遣いを汲《く》んでのことなのか、そのあたりは判然としない。

ともあれ、藁《わら》にも縋るおもいで、半四郎は品川宿へ急いだ。

どうしたわけか、元相撲取りの豊吉を供に連れている。

八丁堀の自邸までやってきて、何でもいいから役に立たせてほしいと土下座《どげざ》したのだ。

仕方ないので、品川まで連れてゆくことにした。

冲天《ちゆうてん》に陽が昇ったころ、ふたりは東海寺にたどりついた。

人の波は北品川宿から山門までつづき、南に流れる目黒川《めぐろがわ》には遊山船《ゆさんぶね》も出ている。北の御殿山《ごてんやま》は桜の名所だが、この時季は東海寺のほうが人出は多い。

境内には葦簀張りの見世が軒を並べ、香具師たちの売り声も盛んだ。

ほどもなく、半四郎は地割師の居所をつきとめた。

「北品川宿の陣屋横町《じんやよこちょう》に、すずめ屋という鳥を食わせる見世があるらしい」

利兵衛は毎日、そこに屯《たむろ》しているらしかった。

陣屋横町は目と鼻のさき、いかがわしい岡場所の狭間に「すずめ屋」はあった。

小汚い暖簾《のれん》をくぐると、床几《しょうぎ》はけっこう埋まっている。

ざっと見渡したが、それらしき人物はいない。

ふたりは入口の近くに腰をおろし、利兵衛があらわれるのを待つことにした。

豊吉が笑う。

「そこの客に聞いたんでやすがね、とりあえずって注文すると、安酒二合と雀の半生焼きが出てくるそうでやすよ」

「ふうん」

言われたとおり、見世の親爺に向かって「とりあえず」と注文する。

親爺は物も言わずに奥へ引っこみ、ちろりと平皿を運んできた。

平皿には、毟《むし》りわすれた毛の焦げた雀が二羽載っている。

「うえっ、こいつはちょいと、いけねえや」

嫌がる豊吉を尻目に、半四郎は雀を摘《つま》んだ。

頭を齧った途端、じゅるっと溢れた脳味噌《のうみそ》が口にひろがる。

ごくんと呑みこみ、口を漱《すす》ぐように酒を呑んだ。

「なかなか、おつなもんだぜ。ほら、おめえもやれ」

「へい、そんじゃ」

豊吉は雀を摘んで首を引っこ抜き、頭を丸ごと口に抛《ほう》りこんだ。

ばりばり食べてみせ、にんまり笑う。

「こいつは、なかなかいけやすぜ」

「人も雀も、見掛けじゃねえってことさ」

「ほんとうだ」

そうした会話を交わしていると、見世の空気がぴんと張りつめたものに変わった。

暖簾を振りわけ、ひょろ長い勇み肌風の男がはいってくる。

利兵衛だ。

半四郎は頬の刀傷を確かめ、豊吉に軽くうなずいた。
豊吉は音もなく外に出て、裏口にまわりこむ。
逃げられたときの用心だった。
利兵衛は空いた床几に座り、親爺に「とりあえず」と言った。
半四郎は立ちあがり、壁際を伝って利兵衛の背後に近づいた。
親爺が安酒と平皿を運ぶのに合わせ、すっとからだを寄せる。
「おまちどおさま」
ことりと、ちろりと平皿が置かれた。
と同時に、半四郎は隣に座りこむ。
利兵衛は驚きもせず、ちろりをつかんだ。
刹那、つかんだちろりで撲《なぐ》りかかってくる。
不意打ちを食らい、半四郎は仰《の》けぞった。
利兵衛は間隙《かんげき》を衝き、脱兎《だっと》のごとく逃げだす。
「行ったぞ、豊吉」
半四郎が叫ぶやいなや、裏口から岩のようなかたまりが突進してきた。
「ぬぐおおお」

利兵衛は立ちどまり、懐中から匕首《あいくち》を抜きはなつ。

豊吉は躊躇《ためら》うことなく、瘤《こぶ》になった頭から突っこんでゆく。

「うわっ」

つぎの瞬間、利兵衛のからだが藁人形のように吹っ飛んだ。

床几に背中を叩きつけ、土間に転げおちる。

店内は騒然となった。

「ぬうっ」

利兵衛が息を詰まらせたところへ、半四郎は悠然とやってくる。

右腕を逆さに捻りあげ、早縄《はやなわ》を打った。

「豊吉、手柄だぜ」

そう言ってやると、元相撲取りは照れたように笑った。

「な、何しやがんでえ」

利兵衛は額に青筋を立てて吠え、半四郎に月代を叩かれた。

「神妙にしろ」

「くそったれ」

奥歯を嚙みしめ、利兵衛は口惜《くや》しがる。

が、持って生まれた性分なのか、いったん観念すると潔《いさぎよ》い。

悪あがきもせず、宿の問屋場《といやば》まで素直に引かれていった。

「さあて、利兵衛よ、こっちの用件はわかってんだろうな。すっとぼけたら、容赦しねえぞ。どたまをかち割ってやるかんな」

半四郎の気迫に呑まれ、利兵衛は縮みあがる。

「扇屋徳介は、おめえが殺ったんだろう。素直に吐いたら、罪一等を減じてやるぜ」

「罪一等を減じても、獄門首《ごくもんくび》を逃れるだけのはなしでやしょう。どうせ、土壇へ引かれる身、覚悟はできておりやすぜ」

「いい心懸けだ。あらいざらい、吐くんだな」

「あっしも、地割師仲間じゃ、ちったあ知られた顔だ。死に恥はさらしたくねえ、何だって喋りやすよ」

「それじゃあ聞くが、おめえ、扇屋に恨みでもあったのか」

「あるといや、ありやしたね。徳介の野郎、けちな金貸しでやしたから。あんな野郎は死んだほうがましだって、常日頃からおもっておりやしたよ。でも、殺す気なんざこれっぽっちもなかった。一線を越えちまったなあ、ひとに頼まれたからでね、へへ、金に困っておりやした。けちな七つ屋を殺りゃ、三十両ばかし手にできたんだ」

「三十両が報酬《ほうしゅう》か」

「へい」

「おめえに殺しをやらせたなあ、どこのどいつだ」

「お信じにならねえかもしれねえが、三千石のお殿さまでさあ」

半四郎は、ぴくっと眉を動かす。

「本所の旗本、青木七郎左衛門のことかい」

「おっと、よくご存じで」

「そいつの名を聞くために、おめえを捜していたのさ。品川くんだりまで来た甲斐があったぜ」

利兵衛が語った経緯は、半四郎が描いていた筋書きと少しばかりちがっていた。

扇屋徳介から大金を借りたのは、青木家次男坊の三九郎であった。

遊ぶ金欲しさに親の名義を使い、扇屋も承知のうえで貸したのだ。

父親の七郎左衛門はそれを知り、烈火のごとく怒ったという。

三九郎を邸内の奥座敷に幽閉するとともに、扇屋の始末を企《くわだ》てた。

そもそも、利兵衛は三九郎に悪い遊びを教えた連中のひとりだったが、息子を手蔓《てづる》に青木家へ出入りするようになり、暮れの闘犬興行を仕切ったことから、七郎左衛門に気に入られた。そして、七つ屋殺しを秘かに依頼されたのである。

扇屋殺しは借りた金だけでなく、金を借りた行為そのものを闇に葬る狙いでおこなわれた。

半四郎は筋を呑みこみ、怒りを新たにした。

「ひとつ聞きてえんだがな、菜売りのおふきのことだ」

「喋ったこともねえ女でやすよ」

「三年前、湯島天神の境内で、おめえは地廻りと揉めていたおふきの親爺さんを助けた。そんとき、おふきに暴言を浴びせた地廻りの連中をこてんぱんにのしてやったそうだが、おぼえているかい」

「いいえ。こちとら、喧嘩が商売ですから、いちいち覚えておりやせん」

「それじゃ、おめえは七つ屋でおふきの顔をみたときも、相手が誰だかわからなかったわけか」

「へい。徳介を刺しちまったところを、偶さか通りかかった菜売りに見られちまったんですよ。こうなりゃ、女も殺るっきゃねえ。そうおもって身構えると、あの女、徳介の胸に刺さった出刃包丁を抜きとりやがった。そんでもって、あっしに『逃げろ、早く逃げろ』と、必死に叫びやがる。あんまり必死なもんで、あっしはおもわず、言うとおりにしちまったんです」

「なるほど、そういうことかい」

利兵衛が去ったのを確かめ、おふきは叫び声を張りあげた。その声を、裏長屋のおしげが耳にしている。おふきが叫んだ理由は判然としないが、おそらく、わざと注目を集めようとしたのだろう。

「旦那、菜売りの女はどうなりやしたか」

不安げな利兵衛に、半四郎は笑いかける。

「おめえの身代わりになって捕まったさ。自分が下手人だと言い張ってな。おめえの顔をみた途端、三年前のことをおもいだしたんだろう。咄嗟《とっさ》に、身代わりになろうって決めたのさ。おめえがおふきに授けた恩ってな、それだけ重かったってことよ」

利兵衛は、むっつり黙りこんだ。

おふきの心情が、何となくわかってきたのだろう。

「おめえ、取り返《けえ》しのつかねえことをしちまったな。このままだと、おふきは打ち首だぜ」

「え」

「あたりめえだろう、ひとひとり殺しちまったんだ。おめえはよ、正直者の菜売りに罪をなすりつけ、生きながらえようとした。勇み肌が自慢の男なら、放っちゃおけめえ」

「旦那、まだ間に合うんですかい」

「あと一日ある。これから茅場町《かやばちょう》の大番屋に立ちもどり、さっきおめえが喋ったことを書面にさせてもらうぜ。そうすりゃ、おふきは助かるかもしれねえ」

「旦那、めえりやしょう。こんな命、惜しくも何ともねえや」

利兵衛にはどうやら、侠気《おとこぎ》が残っているようだった。

十二

品川から江戸へもどってくるころには、日も暮れかかっていた。

半四郎は縄を打った利兵衛ともども茅場町の大番屋へ向かい、豊吉には事の一部始終を告げさせるべく、夕月楼へ走らせた。

金兵衛から仙三に連絡を取らせ、大番屋に吟味方与力を足労させる。

与力の面前で利兵衛の口書を取り、入牢証文を発行して牢送りにせねばならない。

と同時に、おふきの潔白を明らかにし、出牢証文《しゅつろうしょうもん》を発行させる必要があった。

おそらく、出牢手続きの段階で一悶着《ひともんちゃく》あるにちがいない。

おふきの無実が証明されれば、吟味した者の責任が問われる。

ほかならぬ、石橋主水のことだ。

最悪の場合、内与力の石橋を御役御免にするほどの一大事なので、おふきの再吟味は慎重におこなわれるはずだった。

半四郎はしかし、菜売りの命と引き替えにしてまで、身内を守ろうとはおもわない。

それは、半四郎の正義に反することだ。

たとい、仲間に恨まれたとしても、筋は通さねばならぬ。

いずれにしろ、ここまで漕ぎつけられたのは、雪乃のおかげだった。

役目を果たすには非情に徹すると言いながらも、利兵衛の居場所をそれとなく教えてくれたにちがいない。

ありがたいと、半四郎は心底からおもった。

が、以前のような甘酸っぱい気持ちはわいてこない。

淋しい気もしたが、菜美の存在が大きいのだろう。

大番屋が近づいてきた。

逢魔刻《おうまがとき》で周囲は薄暗く、行き交う人の顔すら判別しにくい。

「旦那、まだですかい」

利兵衛が訊《き》いてきた。

なぜか、不吉な予感が胸を過る。

「旦那、小便がしたくなりやした」

「ちっ、がきみてえな野郎だな。我慢できねえのか」

「すみません、漏れちまいやす」

「しょうがねえな」

半四郎は雪隠《せっちん》を求め、長屋の露地裏へ踏みこんだ。

そのとき。

一陣の風が吹き、裾を激しく捲りあげた。

「うわっ」

土煙が舞い、おもわず目を瞑《つぶ》る。

刹那、刃風《じんぷう》が襲いかかってきた。

「しぇい……っ」

鋭い気合いともども、白刃が伸びてくる。

「ぬひぇっ」

利兵衛の首筋が裂け、血飛沫《ちしぶき》がほとばしった。

「くっ」

半四郎は身を沈め、腰の刀を抜いた。

屍骸と化した利兵衛が、どしゃっと地べたに倒れる。

血の滴る刀を車《しゃ》にさげ、月代頭がぬっとあらわれた。

石橋主水である。

「どうやら、間にあったらしいな」

「おのれ、石橋。利兵衛の口を封じたな」

「そやつに生きておられたら、こっちの首が危ういからの」

「許せぬ」

半四郎は、眦《まなじり》を吊りあげた。

「八尾、おぬしは一刀流の練達と聞いた。されど、手にあるのは刃引刀《はびきがたな》であろうが。そんな得物《えもの》で、わしを斃《たお》せるかな」

「黙れ、頭を叩き割ってやる」

「わしも隠密御用をつとめる身、そこそこやるぞ」

利兵衛を斬った太刀筋をみれば、技倆《ぎりよう》のほどはわかる。

手強い。

斬りあって五分と五分、刃引刀でかなう相手ではない。

しかし、半四郎に躊躇《ためら》いはなかった。

「つえい……っ」

猛然と、斬りこんでゆく。

「ふん」

すかさず、弾かれた。

逆しまに、突きがくる。

「ほわっ」

二段、三段と切っ先が伸び、受け太刀を取った拍子にたもとを裂かれた。

「うくっ」

半四郎は後ずさり、たもとを乱暴に引きちぎる。

「ぬほほ、やるな。噂どおりの腕前だ。なれど、わしにはかなわぬ。つぎの一刀で仕留めてくれよう」

石橋は八相《はっそう》から大上段に構えなおし、ふっ、ふっと短く呼吸しはじめた。

「すりゃ」

踏みこみも鋭く、袈裟懸けがくる。

受け太刀を取った途端、金音が響いた。

みやれば、刃引刀が根元から折られている。

「そこまでだな」

死神が鼻先に迫り、会心の笑みを浮かべてみせる。

半四郎は折れた刀を捨て、十手を引きぬいた。

背後は黒板塀、逃げ場はない。

「死ね、ぬりゃ……っ」

石橋の口から、鋭い気合いが発せられた。

刹那。

暗闇の狭間から、一本の矢が飛来した。

「うぬっ」

死神の横面を掠め、黒板塀に突きささる。

石橋は咄嗟に袖をひるがえし、姿勢を低く身構えた。

「誰だ。出てこい」

辻向こうに、白い顔が浮かんだ。

能面か。

いや、美しい女の顔だ。

「ゆ、雪乃どの」

半四郎が叫んだ。

石橋は口端《くちはし》を吊り、不敵な笑みを泛《うか》べる。

「おぬしか。上役に弓を引くとは、たいした度胸だ」

雪乃はゆっくり近づき、弓に二矢目を番《つが》えた。

「石橋さま、刀をお納めください」

「ほっ、わしに命じおった。いつから、さように偉くなったのだ」

「お願いです。刀を。さもなければ、石橋さまを成敗せねばなりませぬ」

「成敗だと、笑止な。誰に向かって口を利いておる」

「調べはついております。石橋さまは御奉行の命にしたがっておられるのではない。青木七郎左衛門の意のままに動かされている」

「莫迦な、わしがなぜ、目付のために命を張らねばならぬ」

「青木七郎左衛門とは、従前から懇意《こんい》になされておられましたな」

「それがどうした。目付筋と太い絆《きずな》を築いておくのも役目のうち」

「黙らっしゃい。金に転んだのでしょうが。素直にお認めなされ。縛《ばく》につき、青木七郎左衛門の悪事をお白洲《しらす》で明らかになされませ」

「生意気な女め。ひとつ聞いておくが、何がおぬしをそうさせたのだ」

雪乃は弓を降ろし、眸子を潤《うる》ませた。

「哀れな菜売りの命です」

「ふん、情に流されたか。そんなことでは隠密などつとまらぬぞ」

突如、石橋は身を屈め、雪乃に斬りかかっていった。

「ぬおっ」

半四郎は息を呑む。

雪乃は弓を捨て、腰の刀を抜いた。

石橋は八相に構えたまま、とんと地べたを蹴りあげた。

「女め、死ねい」

「ぬりゃ……っ」

大上段から振りおろされた鋼が、雪乃の頭蓋《ずがい》を襲う。

「ふん」

雪乃が短く、気合いを発した。

重い一撃を弾きかえし、石橋が地に落ちてきたところへ身を寄せるや、反転しながら脇胴を抜く。

冴《さ》えた動きだ。

まるで、清冽《せいれつ》な奔流《ほんりゅう》が岩を避けて流れおちるかのようだった。

「ぬぐっ」

石橋の懐中が、一瞬にして血に染まった。

胸を深く剔《えぐ》られたのだ。

かくっと、膝が折れた。

「おのれ、女だてらに……」

皮肉めいた台詞《せりふ》を吐き、石橋は俯《うつぶ》せに斃れた。

半四郎は膝の震えをごまかしつつ、雪乃のもとへ近づいた。

おふきの無実を明かす証人は消され、雪乃は上役の石橋を斬った。

「めえったな」

時が止まったかのようだ。

いったい、どうしたらよい。

途方に暮れていると、雪乃が凛々《りり》しく言い放った。

「こうなれば、青木三九郎を捕らえるしかありませんね」

たしかに、青木七郎左衛門の罪状を証明できるのは、次男坊の三九郎だけだ。

「されど、次男坊は座敷牢に幽閉されているらしいぞ」

「存じておりますよ。目付屋敷に忍びこみ、身柄を奪うしかありませんね」

「命懸けだな」

「もとより、覚悟はできております」

雪乃の意志は固い。

虎之介が言ったとおりになった。

「助っ人を頼もう」

と、半四郎は言った。

十三

丑《うし》ノ刻(午前二時)になった。

ひっそり閑とした屋敷町に、黒い影が舞いおりた。

ひとつ、ふたつ、三つ……その数は五つ、いずれも黒装束に身を固めている。

頭巾《ずきん》で顔を隠しているので群盗にしかみえぬが、忍びこむ屋敷は商家ではない。

家禄三千石の目付、青木七郎左衛門の屋敷であった。

「おもしれえことになってきた」

ずんぐりした体型の男が、含み笑いをしてみせる。

屋敷内の配置を熟知している豊吉だった。

「廻り方の旦那が盗人になるなんざ、前代未聞の見世物だぜ」

半四郎は頭巾の内で苦笑し、ふたりの仲間を振りかえる。

三左衛門と虎之介であった。

「血をみたくねえ。できりゃ峰打ちで頼む」

半四郎に釘を刺され、ふたりは黙ってうなずいた。

もうひとり、すらりとした細い人影だけは四人から離れ、道具を使って築地塀《ついじべい》によじ登っている。

雪乃にちがいない。

楊弓と矢のはいった靫《うつぼ》を背負っている。

「へえ、器用に登るもんだ」

豊吉が感心していると、雪乃の影は塀のうえから消えた。

すぐさま、正門脇の潜り戸が開き、内側から白い手が差し招く。

「さ、早く」

門の内へ忍びこむと、門番がひとり地べたに転がっていた。

「死んじまったのか」

動揺する豊吉の肩を、虎之介が押す。

「気を失っているだけだ。安心しろ」

半四郎が豊吉を呼んだ。

「さ、案内しろ」

「へい」

応えたそばから、置き石の角に爪先を引っかける。

「うわっ、ととと」

豊吉の額に、膏汗《あぶらあせ》が滲んできた。

さいわい、気づかれた様子はない。

「気をつけろ」

低声《こごえ》で叱責《しっせき》され、豊吉は頭を掻いた。

「次男坊を奪うまで、勘づかれちゃならねえ」

豊吉を先頭に、半四郎、雪乃とつづき、三左衛門と虎之介は打ちあわせどおり、門のそばで待機する。

豊吉は簀戸《すど》を抜け、中庭へ忍びこんだ。

右手に連なるのは母屋《おもや》だが、雨戸はすべて閉めきってある。

中庭には瓢簞池《ひょうたんいけ》が掘ってあり、石灯籠《いしどうろう》に炎が灯っていた。

座敷牢に向かうには中庭を抜け、茶室脇の細道を通って裏手に廻らねばならない。石扉《せきひ》に閉ざされた座敷牢の近くには、大型犬を囲っておく犬小屋もあるという。

茶室の脇道を抜けてからは、抜き足差し足ですすんでいった。

廊下の手燭《てしょく》が淡く灯っている。

ふと、豊吉が身を屈め、前方を指差した。
見張りが柱にもたれ、うたた寝をしている。
石扉に閉ざされた座敷牢は、すぐそばにあった。
まちがいない。三九郎はあのなかに幽閉されている。
雪乃が、音もなく動いた。
見張りのそばに近寄り、手刀《てがたな》で首筋を叩いて昏倒《こんとう》させる。
「すげえ」
豊吉は目を丸くした。
雪乃は見張りの懐中から鍵を取りあげ、こちらに合図を送る。
半四郎と豊吉は息を殺し、石扉のそばに近づいていった。
南京錠《なんきんじょう》は難なく外され、重い石扉を開ける。
内側は黴臭《かびくさ》く、糞尿の臭気もただよってきた。
暗闇に目が慣れると、部屋の隅に蒲団が敷いてあるのがわかった。
蒲団のなかから、獣のような双眸《そうぼう》が弱々しい光を放っている。
「三九郎か、助けにまいったぞ」
呼びかけても、返事はない。

半四郎を制し、雪乃が優しげに声を掛けた。

「三九郎どの、ここにいたら死を待つだけです。さ、いっしょに逃げましょう」

「女か、おぬしら、何者だ」

掠れた声が返ってきた。

雪乃は、そっと身を寄せる。

「怪しい者ではありません。あなたの味方ですよ。このように理不尽な仕打ちをした者を懲《こ》らしめてやらねばなりません。ちがいますか」

「父上だ。わしに縛《いまし》めをほどこしたのは、父上なのだ。わしの行状はなるほど、重臣の子息にふさわしいものではなかった。なれど、それもこれも、無情無慈悲な父への怒りから生じたものだ」

放っておけば、嘆きは永遠につづきそうだ。

ぴしゃりと、雪乃が言いはなつ。

「おはなしは、ここを逃れてから、いくらでも聞いて差しあげましょう。さあ、まいりますよ」

「わ、わかった。なれど、ここから動けぬ、一歩も」

「え」

「足が、足が……う、うう」

三九郎は、めそめそ泣きだした。

近づいてみると、汚物まみれの蒲団のうえで、足枷《あしかせ》を塡《は》められている。

足枷からは長い鎖《くさり》が伸び、頑丈《がんじょう》そうな簞笥《たんす》に繋がれてあった。

鎖を断ちきるしかないが、それには鉈《なた》か斧《おの》が要る。

「おいらにお任せを」

豊吉がどこからか、大鉈を担いできた。

有無を言わせず、大鉈を振りあげ、えいとばかりに打ちおろす。

がきっという音が響き、鎖の根元が断たれた。

「あうう」

三九郎は苦しげに呻《うめ》き、立つこともできない。

豊吉が抱きおこし、軽々と背に負った。

「よし、急ごう」

半四郎と雪乃は顔を見合わせた。

と、そのとき。

――わん、わんわん。

けたたましい犬の哭《な》き声が、闇を裂いた。

「くそっ、みつかっちまった」

三人は廊下に飛びだす。

――わんわん、わんわん。
五、六匹の犬が一斉に吠え、雨戸を蹴破る音まで聞こえてくる。
犬どものすがたはまだ見えない。

咆哮《ほうこう》がおさまり、たたたと、力強く土を蹴る音が近づいてきた。

「来やがった」

「おふたりとも、わたしの背後へ」

雪乃は冷静に発し、楊弓に矢を番《つが》えた。

つぎの瞬間、一匹目の大型犬が狂気したように駆けてきた。

雪乃は狙いを定め、びんと弦《つる》を弾く。

一直線に飛んだ矢は、犬の眉間《みけん》を射抜いた。

さらに、二匹の犬が口から泡を吹きながら迫った。

びん、びんと音がし、つぎの瞬間、二匹はもんどりうって倒れた。

最後の一匹だけは結界《けっかい》を越え、牙を剥いて飛びかかってきた。

「んにゃろ」

半四郎は雪乃の面前に立ちはだかり、刃引刀を一閃《いっせん》させた。

褐色《かっしょく》の大型犬は鼻面をしたたかに叩かれ、地べたに転がった。

「よし、行くぞ」

犬の死骸を飛びこえ、三人は駆けた。

が、茶室の脇道を抜けたところで、足を止めた。

「うっ」

中庭には篝火が煌々《こうこう》と焚かれ、三十人からの用人どもが白鉢巻《しろはちま》きに襷掛《たすきが》け姿で待ちかまえていた。

十四

「素早いな」

半四郎は乾いた唇《くち》もとを舐め、壁のような人垣を睨みつける。

陣笠《じんがさ》をかぶった偉そうな男が、人垣の前面に押しでてきた。

「ふふ、賊め。目付の屋敷を襲うとは無謀にもほどがあろう」

青木七郎左衛門であった。

「狙いは三九郎か。おぬしら、何者じゃ」

半四郎は応えない。

後ろで、豊吉が唾を呑みこんでいる。

「応えぬなら、屍骸にでも聞いてみるか」

「待て」

半四郎が声を放つ。

「何じゃ」

「おぬし、それでもひとの親か。我が子に足枷を塡め、心が痛まぬのか」

「ぬほほ、そやつは子でも何でもない。青木家の鼻つまみ者、ただの芥《ごみ》よ」

「縛めをほどこしたのは、反省させるためではないのか」

「甘いな。生きながら地獄をみせるためじゃ。そやつには、さんざ煮え湯を呑まされたからのう」

「鬼め」

「戯言《たわごと》はそれだけか。それっ、みなの者、三九郎ともども賊を成敗せよ」

「おう」

用人どもは声を張りあげ、一斉に白刃を抜いた。

篝火がぼっと燃えあがり、前面の壁が動きだす。

刹那、背後から土煙をあげ、怒声とともに迫ってくる者たちがあった。

「ふわああ」

三左衛門と虎之介が白刃を抜き、猛然と斬りこんでくる。

「うっ、背後にもおったぞ」

敵は意表を衝かれ、混乱をきたした。

「それい」

半四郎と雪乃も斬りこみ、瞬《また》く間に四人を倒す。

いずれも峰打ちだが、急所は外してはいない。

豊吉はふたりを盾にし、ずんずん進んだ。

「ふえっ」

「ぬひゃっ」

そこらじゅうで悲鳴が錯綜《さくそう》し、用人どもが倒れてゆく。

「何をしておる。早《はよ》う始末せい」

七郎左衛門は、声をかぎりに叫んだ。

目付の用人だけに、腕自慢の者たちばかりだ。

が、黒装束の賊どもは、並大抵の技倆ではない。

三左衛門は小太刀を使い、虎之介は剛刀を唸らせ、束にまとめて用人どもを叩きのめしていった。

一方、半四郎と雪乃に守られた豊吉は浅手を負いながらも、三九郎を背負って敵中を果敢に突きすすむ。

やがて、一団は用人どもの囲みを突破し、中庭の向こうに逃れた。

豊吉と三九郎を四人が守り、正面口をめざして駆けてゆく。

しんがりの半四郎は足を止め、振りむきざま、追いすがる用人の月代を割った。

さらに、ひとりの胴を抜き、別のひとりは首筋を叩きつける。

「ぬきょっ」

その声を最後に、邸内は静まりかえった。

もはや、まともに闘える者とていない。

用人どもが鮪《まぐろ》のように転がっているなかに、陣笠姿の七郎左衛門がぽつんと立ちつくしている。

半四郎は刀をおさめ、ゆっくり近づいていった。

七郎左衛門は眸子を怒らせ、唇もとを震わせる。

「おぬしら、いったい、何者じゃ」

「また逢うと言っておいたはずだぜ」

「なに……おぬし、町方か」

「ふふ、どうかな」

「三九郎をどうする」

「さあて。楽しみに待っておれ。そのうち、お上からお呼びが掛かるだろうさ」

「町方風情に、目付のわしが裁けるものか」

「せいぜい吠えてな。切腹場で恥をさらさぬよう、腹をきれいに拭いておくんだな」

ぎりっと、歯軋《はぎし》りが聞こえた。

「ぬう、許さぬ」

七郎左衛門は抜刀し、上段から斬りかかってくる。

「死ね、下郎」

太刀行きは存外に鋭い。

が、半四郎はひらりと躱し、顔面めがけて拳を突きだした。

ぐしゃっと、鈍い音がする。

「おのれ……」

七郎左衛門は折れた鼻から血を流し、その場に蹲《うずくま》った。

半四郎は踵《きびす》を返し、門外へ逃れていく。

足枷の外れた三九郎が、駕籠に乗りこむところだ。

駕籠も担ぎ手も、金兵衛が手配したものだった。

「半四郎さま、やりましたね」

雪乃が覆面《ふくめん》を剝ぎとり、にっこり微笑む。

半四郎も覆面を取り、仲間たちを眺めまわした。

「かたじけない。このとおりだ」

頭《こうべ》を深く垂れ、ひょいと顔をあげるや、盃をあげるまねをした。

十五

おふきは、地獄の釜《かま》を覗いた。

しかし、沙汰が下される一歩手前で、救いの手が差しのべられた。

牢屋見廻り同心の錦田公平が情けをかけ、沙汰止めにしてくれたおかげもあって、無実を証明する刻《とき》を稼ぐことができたのだ。

三九郎は最後に武士の意地をみせ、みずからの犯した罪と父親の罪状を明らかにした。

これをもとに、別の目付が青木邸に馳《は》せさんじ、当主に切腹を迫った。

罪状は御役不首尾、七つ屋殺しの経緯はいっさい表沙汰にされず、七郎左衛門には切腹、三九郎には遠島という罰が科せられた。そして、青木家に下されたのは、家名断絶という厳しい御沙汰であった。

しがない七つ屋を葬ったことで、江戸幕府開闢《かいびやく》からつづく三千石の大身旗本が潰されたのだ。

「悪事を為《な》せば、かならずや、手痛いしっぺ返しがある」

半四郎は胸中につぶやきつつも、みずからの起こしてしまった事の重大さにいささか戸惑っている。

一方、上役を斬った雪乃は罪に問われず、隠密の連絡役《つなぎやく》は別の内与力に替わった。

が、雪乃はこれを機に役目を辞する覚悟をきめたようだ。

「行く道は問うまい」

雪乃が大名の側室になろうとも、半四郎にはどうすることもできなかった。

晩秋の朝。

半四郎は一抹《いちまつ》の淋しさを抱えながら、吾作と豊吉をともない、小伝馬町牢屋敷の門前までやってきた。

吾作は「どうしても娘を迎えに行きたい」と訴え、病んだからだをおしてきた。

やがて、牢屋見廻り同心の錦田公平にともなわれ、おふきがあらわれた。

「まるで、萎れた菜っ葉じゃねえか。菜売りが菜っ葉になっちまったら、洒落にもならねえや」

豊吉が言うとおり、おふきは見る影もなく窶《やつ》れていた。

が、父親の顔をみた途端、顔に生気が蘇《よみがえ》った。

「お、おとっつぁん」

「おふき、おふきよう」

泣きだす吾作の背中をさすり、豊吉が剽《ひょう》げた調子で大根売りのまねをする。

「でえこ、でえこ」

おふきが、微かに笑った。

錦田の厳粛《げんしゅく》な声が聞こえてくる。

「菜売りのおふき、本日ただ今より解き放ちにいたす。お上のお慈悲に感謝せよ」

「へへえ」

「よう耐えた。おぬしの罪状は晴れたのだ。堂々と胸を張って、ここから歩いて行けばよい」

「はい」

深々とお辞儀をするおふきの肩を、錦田は優しく押してやった。

おふきは、怖《お》ず怖《お》ずと門の外へ出てきた。

錦田が背後から、声を掛けてくる。

「そこで待っておられる面々が、おぬしの命を救ってくれたのだぞ」

おふきは半四郎に頭を下げ、吾作とは抱きあって涙を流した。

ひとしきり肉親との再会を喜んだあと、豊吉にたいしては不思議そうに小首をかしげてみせる。

すかさず、半四郎が口を挟んだ。

「そういえば、おめえらふたりは初対面のようなもんだったな」

「へへ、さようで」

「豊吉よ、おふきの気を惹《ひ》けるかどうかは、おめえの腕次第だぜ」

からかい半分に言うと、豊吉は柄にもなく顔を赤らめた。

半四郎は豊吉の肩をぽんと叩き、三人に背を向ける。

「旦那、もう行っちまうんですかい。へへ、何だか、恰好良すぎるぜ」

豊吉が嬉しそうに、洟水を啜りあげた。

半四郎は振りむきもせず、黙々と歩きつづける。

黒羽織を纏った大きな背中に向かって、吾作とおふきがじっと両手を合わせた。

枯露柿《ころがき》

一

浅間三左衛門はおまつと些細《ささい》な喧嘩をして長屋を飛びだし、夜の町に繰りだした。
親父橋《おやじばし》を渡って芳町《よしちょう》を突っきり、人形町《にんぎょうちょう》通りの四つ辻まで来ると、
「そばぁうぃ」
夜鷹蕎麦《よたかそば》の売り声が聞こえてくる。
ぐうっと、腹の虫が鳴った。
霜月《しもつき》になってからは時雨《しぐれ》る日が多く、吹く風も冷たい。
見上げれば龍《りゅう》のような群雲《むらくも》が渦巻き、いつ雨が降ってもおかしくない空模様で

あった。

三左衛門は担ぎ屋台の軒行燈《のきあんどん》を求め、襟を寄せながら早足ですすんだ。

「お」

ずるずるっと、蕎麦を啜《すす》る音が聞こえてくる。

辻を曲がったところに担ぎ屋台があり、下駄履《げたば》きの夜鷹がひとり蕎麦をたぐっていた。

三左衛門は隣に並び、はあっと手に白い息を吐きかける。

「親爺、燗酒《かんざけ》と掛けをくれ」

「へい、まいど」

夜鷹は残り汁を啜り、何やらこちらをみつめている。

三左衛門は目を合わせぬように、親爺の白髪頭《しらがあたま》や風に揺れる軒行燈に目をやったが、それでも眼差しは執拗《しつよう》にまとわりついてくる。

仕方ないので横を向き、仏頂面で吐きすてた。

「何か用か」

「そんな旦那、いじめないでくださいな」

薹《とう》の立った白塗りの夜鷹が空になった丼を抱え、悲しげに眸子《まなこ》を潤ませた。

「どうした、何で泣く」

「よくぞ聞いてくださいました」

女は丼を置き、薄汚いたもとで目頭を拭いた。

「あたしゃ、もんと申します。亭主は川口《かわぐち》生まれの鋳物師《いもじ》ですが、長患《ながわずら》いで仕事もろくにできず、腑抜《ふぬ》けになっちまいましてね。五つを頭《かしら》に三人の幼子を抱えて仕方なく、こんなあたしが春を売ることになっちまったんです」

「身の上話は、ほかでやってくれぬか」

「およ、何て冷たいおひとだろう」

おもんはわざとらしく落胆《らくたん》してみせ、勝手にまた喋りだす。

「賃仕事だけじゃ、とてもじゃないがおっつきません。住まいは市ヶ谷《いちがや》の柳町《やなぎちょう》でしてね、ええ、崖下の窪んだところにあるじめじめしたとこですよ。どぶ臭い襤褸《ぼろ》長屋に戻ってみれば、腹を空かせた雛《ひな》たちが口を開けて待っているんです。市ヶ谷や四谷《よつや》のあたりはこのところ物騒でしてね、ええ、夜鷹が何人も辻斬《つじぎ》りに。おお、恐っ、それでも、食っていかなきゃしょうがない。だから、わざわざこんなに遠くまで足を延ばしたってわけなんですよ。この担ぎ屋台で掛け蕎麦を注文したお方に声を掛けようと、最初から心に決めておりました。ねえ旦那、どうか、哀れな夜鷹をお救いくださいな」

「勘弁してくれ」

「瘡持《かさも》ちじゃありませんよ」

「そういうことではない」

「なら、何です。女に興味がないとか」

「いや、ちがう。女房がな」

と言いかけ、三左衛門は黙った。

夜鷹は、勝ち誇ったように微笑《ほほえ》む。

「ふふ、尻に敷かれていなさるんだね。何だか、お顔が淋しそう。こんな寒い夜にひとりで蕎麦をたぐりにくるなんて。喧嘩でもして、家をおん出されたのかい。あたしを抱けば運も開けますよ。ね、たった二百文の験担《げんかつ》ぎ、伸《の》るか反《そ》るかは旦那次第」

「へ、おまち」

喋りが途切れたところへ、燗酒と掛け蕎麦が出された。

親爺は意味ありげに笑い、夜鷹の戯《ざ》れ言《ごと》なんぞに付き合うなと、目顔で合図を送ってくる。

おおかた、蕎麦を食いにきた客には誰彼かまわず、声を掛けているにちがいない。

三左衛門は蕎麦をたぐった。

湯気もいっしょに吸いこみ、げほげほ咳きこんでしまう。

「旦那、大丈夫」

おもんはすっと身を寄せ、背中をさすってくれた。

「お、すまぬ、もういい」

三左衛門は肩をまわして振りはらい、盃に酒を注いだ。

「旦那、一杯頂戴してもよろしいかしら」

とろんとした目で請われ、仕方がないので注いでやる。

白い咽喉《のど》が波打った。

「ああ、美味《おい》しい。もう一杯」

二杯が三杯となり、追加の酒を注文する。

「親爺さん、冷やでいいからね」

と、おもんがすかさず言い添えた。

媚《こ》びたような目で、くすっと笑う。

「旦那、お優しいのね」

新しい酒が出されると、おもんは置き注ぎで勝手に飲《や》りはじめた。

三左衛門は手にした丼をかたむけ、残り汁の一滴まで呑みつくす。

「さ、旦那も」

おもんは自分の盃を空にし、返盃《へんぱい》を促す。

仕方なく応じ、ちらっと親爺の顔をみた。

げっそりとした顔で、丼を片づけている。

そろそろ、退《ひ》け刻《どき》だな。

「親爺さん、いくらだ」

「へ、十六文と二十文で三十六文になりやす」

三左衛門は小銭を積み、屋台からさっと離れた。

「待って、旦那、ちょっと待って」

おもんが下駄を鳴らし、つんのめるように追ってくる。

「あっ」

わざとらしく躓《つまず》き、身を投げだしてきた。

「おっと」

抱きとめてやると、必死の形相《ぎようそう》で縋《すが》りつく。

「抱いて、ねえ、抱いてよう」

自分の胸をはだけ、むしゃぶりついてくるのだ。

「まあ待て、落ちつけ」

宥《なだ》めようとしても、凄まじい力でひっついて離れない。

三左衛門は後ずさり、黒板塀に背中を押しつけられた。

と、そこへ。

よく知った顔が通りかかった。

義弟の又七《またしち》だ。

赤い頭巾《ずきん》をかぶり、大きい赤唐辛子《あかとうがらし》の張り子を肩からぶらさげている。

「うえっ、兄《あに》さん」

叫んだきり、又七は目を逸《そ》らし、すたすた遠ざかっていった。

「待て、又七、待つのだ」

いくら呼んでも、義弟は振りむいてくれない。

おもんがすまなそうに、息を吐きかけてきた。

「旦那、ごめんよ」

ようやく、冷静さを取りもどしたらしい。

からだを剝がし、懐中から何かを取りだす。

白粉《おしろい》をまぶしたような干し柿だ。

「枯露柿か」

「甘いよ。焼餅坂《やきもちざか》の中途に検校《けんぎょう》屋敷がありましてね、毎年、大きな渋柿《しぶがき》が生《な》るんです」

屋敷のそばにある十九文屋《じゅうくもんや》の婆さんが渋柿を貰って皮を剝き、陰干しにする。やがて、それが粉を吹いた枯露柿になったころ、ごく親しい連中だけにお裾分けされるのだという。

「焼餅坂の枯露柿といえば、近所では知らない者もいないほどでしてね。遠方からわざわざ買いにくるお方もあるようですが、売り物じゃないんです」

三左衛門は、懐かしい故郷の情景をおもいうかべていた。

秋闌《た》けて冬も間近になると、百姓家の軒先にはかならず干し柿が簾《すだれ》のように吊される。あの景色だ。

「旦那、生国《しょうごく》はどちらで」

「上州《じょうしゅう》の富岡《とみおか》だ」

三左衛門は袖口をごそごそやり、一朱金《いっしゅきん》を取りだした。

「取っといてくれ」

「え、そんなに貰ったら、ばちが当たりますよ」

おぬしを買うのではない。枯露柿を買うのだ」

おもんの荒れた手に一朱金を握らせた。

何日かぶんの稼ぎには相当するだろう。

おもんは涙ぐみつつ、枯露柿を手渡す。

そして、両手を合わせ、祈りはじめた。

「勘弁してくれ。わしは仏ではないぞ」

いくら言っても、おもんは念仏を止めない。

三左衛門は仕方なく、その場から離れてゆく。

満ち足りた気分のまま、長屋への道を戻りはじめた。

二

辻向こうから、赤い頭巾の七味唐辛子売りがやってくる。

「とんとん唐辛子、七色唐辛子、ひりひり辛いが陳皮《ちんぴ》の粉《こ》、すわすわ辛いが山椒《さんしょ》の粉、とんとん辛いが南蛮《なんばん》の粉、とんとん唐辛子……」

「おい」

呼びつけると、張り子を背負った又七が舌を出し、とことこやってきた。

「やあ、兄さん」

「七味売りになったのか」

「そうだよ」

又七は応え、張り子の中から唐辛子の粒を摘んでみせる。

おまつとは八つちがいなので、二十八になったはずだが、いまだに腰が据らない。正月の扇売りにはじまり、雛売り苗《なえ》売《う》り灯籠《とうろう》売《う》り、古金買いに古傘買い、薬売りに貸本屋に蠟涙《ろうるい》あつめ、ちょいと手をつけては季節ごとに職を変え、ひとつとして長続きしたためしがなく、姪《めい》のおすずにさえ小馬鹿にされている。

顔の造作《ぞうさく》もお粗末で、白い餅肌だけは姉譲りだが、眸子は吊り目で鼻は胡坐《あぐら》をかいていた。

「さっきのこと、おまつに喋ったのか」

三左衛門は、探るような目で訊いた。

「喋るもんか。あんなことを喋ったら、姉《あね》さんの頭に角が生えてくらあ」

又七はそう言い、七味を舐《な》めた。

「うえっ、辛え。兄さんも舐めてみるかい」

「こら、はなしを逸らすな」

「逸らしちゃいねえさ。人生にゃ甘えこともありゃ、辛えこともあるってこと。くわばら、くわばら」

「おいおい、ほんとうに、おまつは知らぬのだな」

「たぶん」

「たぶんとは、どういうことだ」

「おいらのほかにも、誰かみてたかもしれねえし」

「おぬしだけだ。ほかにはおらぬ」

「ああ、そうですかと」

「ともかく、おまつには喋るなよ、口が裂けてもな」

「へいへい、じゃってなことで」

又七は右手を差しだし、口止め料をねだった。

「けっ、しっかりしてやがる」

三左衛門が一朱金を渡しても、又七は手を引っこめない。

なけなしの二枚目を上乗せしてやると、義弟はにかっと笑った。

「ありがてえな、持つべき者は兄さんだ」

「しめて三朱、蕎麦代もいれて三朱と三十六文か。これで三月ぶんの内職代が吹っとんだな。くそっ」

ぶつぶつ文句を垂れると、又七に肩を叩かれた。

「兄さん、金は天下のまわりものでっせ」

「七味売りめ、いつから上方《かみがた》商人になりやがった」

「これでもむかしは糸屋の若旦那と呼ばれた身。苦労知らずで育ったものの、十八のころから廓《くるわ》通いにうつつを抜かし、帳場の金をつかいこんだあげく、久離《きゆうり》を切られてしまいました。待てど暮らせど勘当《かんどう》は解けず、親の死に目にも会えなんだ。口には出さねどそれだけが、今も心残りにございます」

「何だ、いまさら」

「泣けるはなしでござんしょう。一朱ぶんの噺《はなし》をひとつご披露《ひろう》つかまつりました。それじゃ、兄さん、お達者で」

又七は尻をからげ、辻向こうに消えていく。

三左衛門は赤唐辛子の張り子を目で追いつつ、ほっと溜息を吐いた。

しばらく歩くと、照降長屋にたどりつく。
覚悟をきめ、木戸を潜《くぐ》りぬけた。
さほど遅い刻限ではない。
長屋の連中は、まだ起きている。
木戸番小屋の大家は眉をひそめ、下駄屋の親爺は意味ありげに笑っていた。
ふだんは愛想のいい隣近所の嬶ァたちは目を外し、そっぽを向いてしまう。
妙だな。
どんよりした気持ちを引きずったまま、油障子を引きあけた。
「ただいま」
やにわに、鍋が飛んできた。
鼻先で躱《かわ》すと、こんどは柄杓《ひしゃく》が飛んでくる。
上がり框《かまち》には、おまつが仁王立《におうだ》ちしていた。
右手に杓文字《しゃもじ》を握り、左手には素焼きの火鉢《ひばち》を提げている。
「うおっ、待て」
部屋の隅では、十一のおすずが二歳のおきちを抱きしめていた。
わるいことをしたわけでもないのに、なぜか、申し訳なさがこみあげてくる。

「おまつ、待ってくれ」

「何を待つんだい。え、夜鷹の旦那」

「げっ」

「ぜんぶ聞いたよ」

「又七か」

「いいや、又のやつが下駄屋のおかみさんに喋ったのさ。おかみさんはすぐさま、あたしの耳に入れてくれてね。まったく、うちの唐変木《とうへんぼく》ったら、いつからさかりのついた猫になっちまったんだろうね。ああ、汚らわしい」

「ちょっ、ちょっと待て。わしは蕎麦をたぐっただけだ。夜鷹なんぞ買ってはおらぬ」

「ほう、そうですか」

「嘘ではない」

「嘘でないなら、証拠《あかし》をおみせ」

「え、証拠」

おまつは火鉢を置き、顎《あご》を突きだした。

「たもとをひっくり返してみな。たしか、四朱ほど持っていたはずだ」

「ないない」

三左衛門は奴《やっこ》のように袂《たもと》を振り、阿呆顔《あほがお》で繰りかえす。

「ないないって、どうしてさ」

「使った、蕎麦に使った」

「いったいぜんたい、何杯お食べになったんでしょうね」

「一杯だ、掛け一杯」

「四朱もする掛け蕎麦がどこにありますかってんだ、いいかげんにおし」

おまつは袖を捲《まく》りあげ、伝法《でんぼう》な物言いで吐きすてた。

一朱は夜鷹にくれてやり、二朱は又七に手渡したと説いたところで、墓穴を掘るだけのはなしだ。

三左衛門は土間に膝をつき、土下座をしてみせた。

「すまぬ。このとおりだ。疚《やま》しいことなど、これっぽっちもしておらぬ」

「おやおや、こんどは同情を引く気かい。嘘つきはどろぼうのはじまりだよ。さ、早く出てっておくれ。金輪際《こんりんざい》、そこの敷居をまたぐんじゃないよ。おすず」

「はあい」

「塩を撒いておやり」

きつく命じられ、おすずが塩壺《しおつぼ》を抱えてやってくる。

おきちはわけがわからず、嬉しそうにはしゃいでいた。

「さあ、おすず、ぐずぐずするんじゃないよ。相撲取りみたいに、派手に撒いておやり」

おすずは悲しげに塩をつかみ、土間の隅にぼそっと落とす。

三左衛門は袖口を探り、枯露柿を手渡した。

おすずは枯露柿を握りしめ、しくしく泣きだす。

「泣くんじゃない。ほら、おきちがへっついに顔を突っこんでいるよ」

おまつに促され、おすずはおきちのもとへ走る。

三左衛門は立ちあがり、淋しそうに背を向けた。

「さあ、出てっておくれ」

おまつは箒《ほうき》を握り、板間を掃きはじめる。

今はどうあがいても、許してもらえそうにない。

少しばかり、どこかで頭を冷やしてこよう。

仕方なく外に出て、後ろ手に戸を閉めた。

三

――ごおん。

亥《い》ノ刻（午後十時）を報《しら》せる鐘の音が聞こえる。

これを合図に町木戸は閉まり、江戸の闇はいっそう深くなる。

長屋から追い出されても、行くところはあった。

寒風に吹かれながらとぼとぼ歩き、柳橋までやってきた。

夕月楼の正面まで来てみたが、何やらいつもの活気がない。

下足番に尋ねると、亭主の金兵衛は寄合《よりあい》で留守にしており、女将《おかみ》は風邪をこじらせて床に臥《ふ》しているという。

「よろしければ、お二階へどうぞ」

誘われたが、ひとりで上等な酒を舐めても侘《わ》びしいだけだ。

丁重に断り、薄暗い夜道を戻りはじめた。

「ついてないときとは、こういうものだ」

自分に言い聞かせながら、浜町《はまちょう》河岸《がし》にたどりつく。

――火の用心。

栄橋《さかえばし》の手前で、夜廻りの拍子木《ひようしぎ》が聞こえてきた。
酔いは疾《と》うに醒めていたが、足は鉄下駄でも履いたように重い。
「そばぁうい」
久松町《ひさまつちよう》の四つ辻から、夜鷹蕎麦の呼び声が聞こえてくる。
「二度目か」
袖の内をまさぐると、波銭が五枚ほどはいっていた。
掛け蕎麦なら一杯、安酒なら二本は呑める。
足がそちらに向いた。
角を曲がると、遠くで蕎麦を啜る音がした。
足を止め、様子を窺ってみる。
おもったとおり、夜鷹の客がいた。
「やめるか」
踵を返し、栄橋のほうへ戻りかける。
すると横合いから、人影が近づいてきた。
職人風体の男が背を丸め、こちらに顔を向ける。
やけに蒼白い顔だなと、三左衛門はおもった。

男は向きを変え、担ぎ屋台のほうにすすむ。

三左衛門は鬢《びん》を掻き、のんびり歩きだした。

しばらくすすむと、背後から声が掛かった。

「旦那、おもんって女をご存じですかい」

さきほどの蒼白い顔が、すぐそばに立っている。

ぎょっとしながらも、平気な顔で応えてやった。

「おもん、ああ、夜鷹のことかい」

男は物悲しげな顔をした。

喩《たと》えてみれば、釜茹《かまゆ》でにされる亡者《もうじゃ》の顔だ。

「おもんってな、あっしの女房なんでさあ」

「お、そうかい」

男はさらに近づき、白い息を吐きちらす。

「旦那、あっしは女房を許したわけじゃねえ。身を売ってまで養ってもらおうだなんて、そんな了見はこれっぽっちもねえんだ」

「わからぬな、何が言いたい」

「あっしはみちまったんだ。あいつ、旦那に抱きついていやがった。問いつめたら、旦那に優しくしてもらったって泣きやした。そいつが口惜《くちお》しくてしょうがねえ。おもんは、あっしの恋女房なんですよ」

きらっと、白いものが光った。

「うおっ」

男は唸り、頭から突きかかってくる。

「くっ」

いつもの三左衛門なら、難なく避けていたところだ。

だが、今宵《こよい》ばかりはどこまでも運に見放されていた。

避けようとして踏んばった途端、雪駄《せった》の鼻緒《はなお》が切れたのだ。

ぷつっと切れた瞬間、腹に冷たいものが刺しこまれてきた。

「ぬぐっ」

痛みよりも、驚きのほうが勝った。

腹に深々と、刺身包丁《さしみぼうちょう》が刺さっている。

「う、うわああ」

おもんの亭主は我に返り、手足をがたがた震わせた。

必死の形相で叫びながら、独楽鼠《こまねずみ》のように逃げてゆく。

「待て……ま、待ってくれ」

膝が抜け、天地がひっくり返った。

黒雲の切れ目から、無数の星が覗いている。

「誰か……だ、誰か」

三左衛門は、掠れた声で助けを呼んだ。

屋台の置かれた四つ辻のほうが騒がしい。

「おい、誰か刺されたぞ」

「あっちだ、あっち」

近づいてくる跫音《あしおと》が、次第に遠ざかってゆく。

そして、何ひとつ聞こえなくなった。

四

雀の囀《さえず》りだろうか。

それとも、啜り泣きか。

ひとだ。誰かの泣き声が聞こえる。

突如、それが大きな歓声に変わった。

目を開けると、おまつとおすずの顔が飛びこんできた。

「おまえさん、おまえさん」

必死に叫ぶおまつの背後には、照降長屋の連中が控えている。

そのなかには、又七の間抜け顔も混じっていた。

「又七か」

「へへ、兄さん、いっとう最初に呼んでくれたにゃ」

「妙な喋りだな」

「猫ことばを操る講談師に頼まれてにゃ、三日ほど身辺の世話をしていたら、にゃあにゃあことばが感染《うつ》っちまってにゃ」

「気色悪いから、やめてくれ」

「へえへえ、かしこまり之介。さあ、みなの衆、うちの兄さんが地獄の淵《ふち》から還《けえ》ってきた。祝いだ祝いだ、祝い酒だ」

戯《おど》ける又七の月代《さかやき》を、おまつがぴしゃりと叩く。

「この莫迦《ばか》、怪我人の脇ではしゃぐんじゃないよ」

おすずがそっと、額の汗を拭いてくれた。

「おすず」

「なあに」

「わしはいったい、どうしたのだ」

「刺されたんだよ。刺身包丁でぶすりと」

おもいだした。

刺したのは、蒼白い顔の男だ。

夜鷹を恋女房だなどと抜かし、焼《や》き餅《もち》を焼いたすえの凶行だった。

「何日寝ていた」

「三日三晩さ」

と、おまつが応える。

「生死の境を彷徨《さまよ》い、ようやっとこうして、この世に戻ってきてくれたんだ……う、うう」

気丈なおまつが泣きだしたので、長屋の連中も貰い泣きしている。

幼いおきちだけが、枕許で飛びはねていた。

「何だか、通夜《つや》みてえだな」

又七はつぶやき、おまつにまた月代を叩かれる。

「お医者さまが仰《おつしや》ってたよ。運が良かったって」

見事に急所を外れていたらしい。

刺される寸前、咄嗟《とっさ》にからだを捻ったからだ。

三左衛門は半身を起こしかけ、うっと悲痛な声をあげた。

「痛むのかい。寝てなきゃだめだよ。傷口がふさがるまで、当面は安静にしないと」

どうやら、おまつの言うとおりにするしかなさそうだ。

「それじゃ、おかみさん、おだいじに」

長屋の連中が、安堵の顔で去ってゆく。

ついでに、お調子者の又七もいなくなった。

おまつは肩の荷を下ろし、こほっと空咳を放つ。

「とりあえず、これだけは言っておかないと」

「どうした、あらたまって」

「おまえさん、ごめんなさい、このとおりだよ」

おまつは丁寧にお辞儀をし、ぐすっと洟水《はなみず》を啜る。

三左衛門はわけがわからず、眸子を白黒させた。

「おまえさんが刺された翌朝、おもんって女がやってきてね。刺したのは自分の亭主だって抜かすのさ。藪《やぶ》から棒《ぼう》に、驚くじゃないか。でも、ぴんときたのさ。あのときの夜鷹だなってね。だから、物凄い剣幕で怒ってやったんだよ。はなしなんか聞きたくもない。とっとと帰っておくれってね。ところが、向こうは一歩も引きさがらないんだよ。どうしても事の一部始終を告げないことには、死んでも死にきれない。そんなふうに、泣きだす始末でね」

「で、はなしを聞いてやったわけか」

「聞いたよ、何から何までね。わたしがおまえさんを疑ったのも誤解だった。おもんって女の亭主がおまえさんを刺したのも誤解だった。ふたつの誤解が重なって、こうなっちまったってわけ。おまえさんは、何ひとつ悪かない。ごめんよ、ぜんぶ、わたしのせいなんだ。わたしが悋気《りんき》をおこしたばっかりに……うう」

「もう、済んだことだ。おまつ、泣くな。こっちまで悲しくなってくる」

三左衛門は安堵していた。

むしろ、刺されてよかったかもしれない。

刺されたことで、夫婦の絆《きずな》は固くなった。

そんな気さえする。

「おまえさん、冗談じゃないよ」

「そうだな、命あっての物種《ものだね》だものな」

「さ、もう喋らないで、ぐっすり眠ってちょうだいな」

おまつは慈《いつく》しむように、髪を撫でてくれた。

三左衛門は安心しきった顔で、深い眠りに落ちた。

五

霜月八日。

三左衛門は何とか歩けるまでに快復し、おきちを抱いて表通りまでやってきた。

仏具屋の屋根からは蜜柑《みかん》がばらまかれ、洟垂《はなた》れどもが歓声をあげながら我先に拾いあつめている。

「みかん、みかん」

興味をしめすおきちに、三左衛門は屈んで教えてやった。

「あれは鞴祭《ふいごまつ》りというてな、お稲荷《いなり》さんに南無南無《なむなむ》してから甘い蜜柑を投げるのさ」

由来はわからぬが、この日、石工《いしく》や鍛冶屋《かじや》、鋳物師や仏具屋などは仕事を休み、稲荷祭りをおこなう。別名、稲荷の火焼《ほたけ》とも称する鞴祭りの日には、町のいたるところで蜜柑が投げられるのだ。

三左衛門も蜜柑を拾い、長屋に戻ってきた。

すると、夫婦らしき男女が戸のそばに立っており、お辞儀をしてみせる。

「誰かとおもえば、おぬしらか」

夜鷹のおもんが亭主の鉄五郎《てつごろう》をともない、見舞いに訪れたのだ。

おまつは仕事、おすずは奉公で留守にしている。三左衛門はおきちを下駄屋に預け、部屋に取ってかえした。

「ま、どうぞ」

敷居の内に招くと、おもんが土間に両手をついた。

「このたびは、まことに申し訳ありませんでした」

鉄五郎が女房をまね、土間に額を擦りつける。

三左衛門は疼《うず》く脇腹をさすり、つくりたくもない笑顔をつくった。

「手をあげてくれ。このとおり、わしはぴんしゃんしておる」

「でも」

「もうよい、済んだことだ。それより、今日は鞴祭りであろう。おぬしはたしか、川口生まれの鋳物師だったな。それなら、こんなところで油を売っている暇はあるまい」

「鞴祭りなんぞ、とんと縁がございません」

おもんが悲しげに漏らす。

「このひとほどの腕があれば、どこでも雇ってくれそうなもんですけど、真っ赤に燃えた鉄や銅を叩くとすぐに咳きこんじまって、仕事がつづかないんです」

「胸でも患っているのか」

「いいえ、たぶん、心の病だろうって、お医者さまは仰います」

「心の病」

「はい。じつは二年前、このひと、時の鐘をつくったんです」

「時の鐘というと、梵鐘《ぼんしょう》のことか」

「はい。焼餅坂の検校屋敷に鐘撞堂《かねつきどう》ができるってんで、川口の親方から依頼がありましてね。釣鐘は細工が面倒だから、腕の良い鋳物師じゃないとつくれないんだそうです」

鉄五郎は数人の鋳物師を使い、見事に釣鐘をつくった。ところが、鐘撞堂に吊して撞いた瞬間、検校が交換を要求したのだという。

「音がわるいと、検校さまは仰ったそうです。どこがどうわるいのか、いまだに、うちの亭主はわかりません。いいえ、うちの亭主だけじゃないんです。誰に聞いても、ほかの釣鐘とのちがいがわからないと仰います。わたしがおもうに、検校さまの虫の居所がわるかったんじゃないかと」

妙な検校もあったものだ。そもそも、寺に建立《こんりゅう》する鐘撞堂を検校屋敷に築くとは珍妙なはなしではないかと、三左衛門はおもった。

「渋沢《しぶさわ》検校さまはそれはお偉いお方だそうで、町屋のために鐘撞代はすべて負担する。そのかわり、屋敷内に鐘撞堂を建てたいとお伺いを立てたら、お上がお許しになられたのだとか」

「ふうん」

鐘撞堂の建立はおそらく、検校の権威を高めるための手管《てくだ》なのだろう。

「町屋のひとびとも、鐘撞堂ができてからというもの、それは助かっておりました」

「ふん、そんなことはねえ。うるさくて仕方ねえと、みんな言ってたぜ」

鉄五郎は半畳《はんじょう》を入れ、沼に沈んだような顔で押し黙る。

おもんはつづけた。

「ともかく、このひとのつくった釣鐘は、誰かほかの職人がつくった釣鐘と交換されちまいました。それ以来、何をやるにも気合いがはいらず、気づいてみれば仕事ができなくなっちまったんです」

「情けない。梵鐘のひとつやふたつ、またつくればよいではないか」

「そういうもんじゃねえ。あっしにとっちゃ一世一代の大仕事でね、できばえも申し分なかったんだ。そいつを捨てろと言われた日にゃ、もう立ちなおることはできねえ」

気色《けしき》ばむ亭主を抑え、おもんが懇願する。

「じつは、検校屋敷の釣鐘がまた交換されることになったんです。川口の親方からおはなしがありましてね、よかったら、もういっぺんつくってみないかと」

「ありがたいはなしではないか」

「それがこのひと、断っちまったんですよ。張りぼてならつくれるけど、本物は無理だって。親方はがっかりしておいでした。腕を買ってもらっているのに、このひと、いっこうに立ちなおってくれないんです。旦那からもどうか、意見してやってくださいな」

「わしが言って聞くようなら、疾うに治っておるさ。ともあれ、心の病であれ何であれ、病は病だ。遠出をさせたらいかんぞ。家で寝ておれ」

「でも旦那、このひとがどうしても謝りたいって言うもんだから」

人を刺身包丁で刺しておきながら謝りたいもないものだが、涙ながらに頭を下げる様子をみれば怒る気力も失せてしまう。

「もうよいから、帰ってくれぬか」

「旦那、これを」

おもんはそう言い、紙包みを取りだした。

ひろげてみると、枯露柿が溢《あふ》れでてくる。

「せめて、これをお嬢ちゃんたちに」

「そんなに貰って、いいのかい」

「もちろんです。これくらいしかお土産にできなかったもので」

娘たちの喜ぶ顔が目に浮かぶ。

それにしても、隣近所にお裾分けしたくなるほどの数だ。

「枯露柿をつくっているお婆ちゃん、およねさんと申しましてね、わたしと同じ年恰好の孫娘がひとりあったそうです。ところが四年前、奉公先で亡くなりましてね、およねさんは天涯孤独の身になっちまったんですよ」

孫娘の四十九日が済んだころ、おもんと鉄五郎は近所の長屋に越してきた。およね婆はおもんを一目みるなり、死んだ孫娘とうりふたつなので、孫娘の生まれ変わりだとおもったらしい。

「それから、ずっとよくしてくれて。子供たちもじつの曾孫《ひまご》のように可愛がってもらっております」

およね婆の孫娘は、さきほどからはなしに出ている渋沢検校の屋敷に奉公していた。死因は食中《しょくあた》りということだが、今ひとつはっきりしない。検校屋敷には大きな柿の木が植わっており、孫娘の死を憐れんだ検校は、毎年好きなだけ柿を取っていいと、およね婆に許しを与えたのだという。

そのときから、およね婆のつくる枯露柿はところの名物になった。

右の逸話は美談として語られ、焼餅坂の界隈《かいわい》で知らぬ者はいないらしい。

三左衛門がおもうに、これなどもまた、渋沢検校の慈しみの深さを強調するためにつくられたはなしのような気がしてならない。

「およねさんに口を利いてもらい、このひとを検校屋敷の下男に雇ってもらえまいかと頼んだこともあるんです。はなしがまとまりかけていたのに、このひとったら、急に嫌だと言いだして、せっかくのはなしは流れちまいました」

おもんは愚痴《ぐち》を言い、亭主をちらりとみやる。

鉄五郎は我を忘れ、大声を張りあげた。

「仕方ねえだろう。おれはな、渋沢って検校がでえ嫌《きれ》えなんだよ。黄金色《こがねいろ》の袈裟《けさ》衣《ごろも》を纏《まと》って、いつも偉そうにしてやがる。目はみえずとも心の闇はよくみえる、なんぞと抜かしやがって、あの野郎、鐘撞堂をつくったおかげでな、金持ち連中から法外な喜捨《きしゃ》を巻きあげることができるんだぜ。そいつが真の狙いだったのよ。やつはな、金の亡者のくせして、生き仏になろうとしてるんだ。そいつをありがたがる連中のお目当ては、貸し金なのさ。検校屋敷の土蔵にゃ、何万両ものお宝が貯めこんであるって噂だぜ」

「おまえさん、滅多なことを言うもんじゃないよ。検校さまは大奥《おおおく》にあがり、御《み》台所《だいどころ》さまの鍼灸治療《しんきゆうちりよう》もなされたお方なんだからね。いいや、公方《くぼう》さまにだって、好きなときにお目見えできるほどお偉いお方なんだよ」

「ふん、それがどうしたってんだ」

気の短い鉄五郎は、場所柄もわきまえずに怒りをぶちまける。

三左衛門は好い加減、むかっ腹が立ってきた。

「おい、夫婦喧嘩は家でやってくれ」

「へ、こりゃどうも」

鉄五郎は頭を掻き、おもんにきっと睨まれた。

三左衛門は無精髭《ぶしょうひげ》の伸びた顎を撫で、うっかり余計なことを口にする。

「鉄五郎、意地を張るのはかまわぬがな、日々の暮らしはどうするのだ。女房の顔を白く塗って、辻に立たせるつもりか」

「こいつを辻に立たせるくれえなら、一家で首を縊《くく》ったほうがましでやす」

「おまえさん、そんなことを言ったたって仕方ないだろう」

おもんが横から口を挟んだ。

「あたしが稼がなきゃ、誰が子供たちにおまんまを食わせるのさ」

「うるせえ、おれが何とかしてやるよ」

「ふん、半年前に言ってほしかったたね。甲斐性《かいしょう》なしのくせして、言うことだけはいっちょうまえなんだから」

「まあ、待たぬか」

三左衛門は、やれやれという顔で諭《さと》す。

「おもんよ、わしが言うのも何だが、自分を安く売らぬほうがよい。自分の身をもっとだいじにしろ」

「でも、旦那」

「まあ、黙って聞け。柳橋の茶屋に知りあいがおってな、茶屋を営む金兵衛という面倒見のよい男だ。わしが頼めばきっと、おぬしを賄《まかな》いに雇ってくれるはずだ。紹介してやるから、金輪際、辻に立つのはやめるんだな」

「旦那……あ、ありがとうございます」

「亭主の気持ちも汲んでやれ。鉄五郎はぐうたら亭主かもしれぬが、おぬしのことを心底から案じておる。でなければ、刺身包丁でわしを刺したりはせぬさ。ふはは、まあ、亭主を悲しませるな」

「は、はい」

項垂《うなだ》れるおもんの脇で、鉄五郎は洟水を啜りあげている。

このとき、まさか、おもんに二度と再会できぬことになろうとは、三左衛門は予想だにしていなかった。

六

さらに数日が経ち、傷も癒《い》えつつあるころ。

禍々《まがまが》しい一報をもたらしたのは、又七だった。

唐辛子売りではなく、いつのまにか、飴《あめ》売りに商売替えをしている。唐人風体《とうじんふうてい》で張り子の子馬を腰に抱き、雷鳥《らいちよう》のように「ほにほろ、ほにほろ」と唄いながら、痰切飴《たんきりあめ》を売り歩くのだ。

馴れていないせいか、又七の売り声は「ほにほろ」ではなしに「ほにゃほろ」と聞こえた。猫ことばの名残であろうか。

「兄さん、聞いたかい。おもんのやつが辻斬りに遭ったんだと」

「なに」

三左衛門は、大きな飴が咽喉《のど》につかえたような顔になった。

「驚いたかい」

おもんは、正面から一刀で袈裟懸けに斬られた。悲鳴をあげる暇もなく、屍骸《むくろ》になったのだという。

「昨晩遅く、焼餅坂の坂下だとさ。十九文屋の婆さまが下手人《げしゆにん》の後ろ姿を目にしたってはなしだが、侍だってこと以外にわかっちゃいねえらしい。へへ、こいつは知りあいの瓦版屋《かわらばんや》から仕入れたはなしでね」

又七は得意気に胸を張り、団子《だんご》っ鼻《ばな》をひくひくさせた。

「ろくでなしの亭主と幼子三人が遺されちまった。可哀相に、今頃は途方に暮れてるだろうさ」

三左衛門は黙々と身支度をはじめ、腰に大小を差した。

「どうしたんだい。兄さん、どこに行くのさ」

「十九文屋」

三左衛門は仏頂面で応えた。

おもんの死が、にわかに信じられない。

十九文屋のおよね婆にはなしを聞き、確かめようとおもった。

日本橋から市ヶ谷までなら、優に一里はある。

御濠《おほり》際の鎌倉河岸、駿河台の護持院ヶ原《ごじいんがはら》と突っきり、飯田町から牛込御門《うしごめごもん》へ向かう。さらに、神田川を渡って神楽坂《かぐらざか》を登りつめ、行願寺《ぎょうがんじ》の門前町を通りすぎ、竹矢来《たけやらい》に囲われた酒井若狭守《さかいわかさのかみ》の屋敷前で南に折れ、敷地の外周に沿って武家地のなかを突きすすんでゆく。

一心不乱に、半刻余りも歩いた。

辻をいくつか曲がれば山伏町《やまぶしちょう》、西に向かって下る急坂にいたる。

そこが市ヶ谷の焼餅坂で、坂下の窪地が柳町と呼ばれる町屋だ。

――じゅいいん。

柿の木のうえで、真鶸《まひわ》が鳴いている。

渋沢検校の屋敷は、坂上の角地にあった。

並みいる武家屋敷のなかでも、ひときわ大きい。

検校とは盲人に与えられる官位の最高位にほかならず、当道座《とうどうざ》と呼ぶ組織の頂点に君臨する総検校ともなれば、十五万石の大名と同等の格式を有する。

検校にも一から十までの位があり、渋沢検校の地位は中の上らしいのだが、それでも、飛ぶ鳥を落とす勢いであることはよく知られていた。何よりも、財力の裏付けがある。大身旗本や大名が検校屋敷を訪れ、畳に手をつくほどの低姿勢で借金を申しこむのだ。高慢にならないわけがない。

堂々たる正門を見上げ、三左衛門は圧倒された。

なるほど、焼餅坂の柿の木屋敷と称されるとおり、長屋門《ながやもん》には柿の木の枝が覆《おお》いかぶさっている。

検校屋敷の門前を通りすぎ、三左衛門は急ぎ足で坂を下った。

すると、甲良屋敷《こうらやしき》と呼ぶ町人地の手前に、小さな十九文屋はあった。

蠟燭に瀬戸物、駄菓子《だがし》に小間物、扱っている品物はすべて十九文均一、よりどりみどりで四文銭五枚出せば一文の釣りがくる。

招牌《まねき》もない店の敷居をまたぐと、小柄な老婆が置物のように座っていた。

「およね婆さんかい」

尋ねてみると、重そうな瞼《まぶた》が開いた。

「どなたかね」

「わしは浅間三左衛門、おもんの知りあいだ」

「え、おもんの」

「照降町の裏長屋に住む浪人だが、聞いておらぬかね」

「ああ」

と言ったきり、およねは眸子を瞑《つぶ》る。

眠ってしまったのかとおもい、三左衛門は顔を近づけた。

ふっと瞼が開き、灰色がかった瞳に生気が宿る。

「お、そうじゃ。あんたのことは聞いたよ。親切なおひとらしいね。でも、おもんは死んじまったんだ」

「ほんとうに、死んだのかい」

「ああ、哀れな死にざまじゃったよ」

三左衛門は身を乗りだす。

「みたのかい、ほとけを」

「ああ、おもんは坂の下で斬られたのさ。わしのところへ寄った帰りでな。娘の風邪が治ったって。わしが心配しておったものじゃから、わざわざ、そのことを報せにきてくれたんじゃよ」

「何刻《なんどき》だい」

「亥ノ刻を過ぎておった。こんな耄碌婆《もうろくばばあ》の店に寄ったばっかりに、あんなことになっちまって……口惜しいわい」

老婆はひとしきり自分を責め、昨晩の経緯《いきさつ》をぼそぼそ語った。

月明かりに照らされた坂道の人影はまばらだった。女の悲鳴が聞こえたので急いで足を向けると、道端に血だらけのおもんが斃《たお》れていた。

そのとき、およねは大股で柳町のほうへ向かう侍の後ろ姿を見掛けたのだという。

「月代を剃《そ》っておったわ」

その侍がやったにちがいないと、およねは直感した。

「後ろからでもよくわかる、才槌頭《さいづちあたま》でのう」

「ん、もしや、心当たりでもあるのか」

およねは苦しそうに、口をもごつかせた。

言おうか、言うまいか、迷っているのだ。

「婆さま、教えてくれぬか」

「教えてもいいがな、ひとつ約束しておくれよ」

「約束」

「そうじゃ。おもんはじつの孫娘も同然じゃった。わしがその者の名を口にしたら、あんた、仇《かたき》を討ってくれるかね」

唐突《とうとつ》に迫られ、返事に詰まる。

老婆は眸子を瞑り、すうすう寝息を立てはじめた。

およねがみかけた「才槌頭」こそ、辻斬りの下手人にちがいない。

仇を討つか否かは別にして、三左衛門は悪辣《あくらつ》非道《ひどう》な男の正体をどうしても知りたいとおもった。

「婆さま、起きてくれ」

肩を揺すると、およねは瞼を開いた。

皺顔を突きだし、こちらの瞳を覗きこんでくる。

「どうじゃ、肚は決まったかね」

「ああ」

「仇を討ってくれるんじゃな」

「わかった、約束しよう」

「なら、指切りげんまんじゃ」

「え」

節榑立《ふしくれだ》った小指を差しだされ、三左衛門は仕方なく、小指を絡めていっしょに歌った。

「指切りげんまん、嘘吐《うそつ》いたら針千本呑ます」

「指切った。ふふ、これでいい」

およねは安堵した顔で、溜息を漏らす。

「侍の名は鷲尾平内《わしおへいない》と言うてな、検校屋敷の用心棒じゃよ」

「まことか」

「まことじゃ。あの才槌頭、いちどみたら忘れられぬわ」

「そのはなし、鋳物師の亭主には喋ったかい」

「ふん、あんな役立たずに喋るもんかね」

およねは苦々しくことばを吐きだすと、すうすう寝息を立てはじめた。

焼餅坂を下った道端には、血の臭いがただよっていた。

柳町の一画に、おもんの家族が暮らす襤褸長屋はある。

どぶ板を踏みつけて奥へすすむと、抹香臭《まっこうくさ》さに鼻をつかれた。

長屋の連中だろうか、時折、焼香の客が立ちよっては帰ってゆく。

亡骸《なきがら》はまだ荼毘《だび》に付されておらず、褥《しとね》に寝かせてあるのだろう。

三左衛門はためらいつつも、黄ばんだ油障子のそばに近づいた。

来客はおらず、幼子たちが亡骸に縋りついている。

幼子の泣き声は、いやが上にも同情を誘った。

鉄五郎は惚《ほう》けた顔で、上がり框に座っている。

「あ、旦那」

「よう、おもんの顔を拝ませてくれ」

「へ、へい」

白い布を払うと、おもんは静かに眠っていた。

泣きじゃくる子供たちとはうらはらに、心なしか笑っているようにみえる。

それがかえって痛々しい印象を与え、凶刃をふるった相手への怒りがわいてきた。

三左衛門は白い布を顔にかぶせ、数珠《じゅず》を揉みながら経を唱えた。

鉄五郎は泣き腫らした目を潤ませ、しきりに洟水を啜る。

「おもんは言っておりやした。旦那に叱られて目が醒めたって。自分の身を安売りしちゃならねえと、肝《きも》に銘じたみてえで」

「そうかい」

「旦那、あっしは口惜しくてならねえ。何で、うちのやつが辻斬りなんぞに……ちくしょう、こうなったら、石に囓りついても、斬った野郎を捜しだしてやる」

「捜しだして、どうするのだ」

「仇を討つんでさあ」

「返り討ちに遭うぞ」

「そんときはそんときでさあ」

「幼子たちはどうなる」

厳しい口調で糺《ただ》すと、鉄五郎は黙った。

「はやまるな、わしに任せておけ」

心にもない台詞《せりふ》が口を衝いて出た。

「え、旦那に、お任せしてよろしいんですかい」

「ん、ああ」

鉄五郎に驚いた顔でみつめられ、おもわず、三左衛門は頷いてしまった。

七

三左衛門にできることはかぎられている。

翌日の夕方から、検校屋敷を張りこんだ。

日没となり、夜が深まるにつれ、訪れる者は増えてゆく。

いずれも立派な駕籠に乗った侍か商人で、大口の借金を申しこみにきた者たちであろうことはすぐにわかった。

「けっこうな羽振りだな」

来客の数はそのまま、渋沢検校の権勢をしめす指標となる。

なにしろ、御台所の鍼灸治療も施《ほどこ》すほどの大物だ。関八州全域の数千人からなる座頭《ざとう》に敬《うやま》われ、黙っていても上納金が集まってくる。日々増える潤沢《じゅんたく》な資金を駆使して大名貸しまでして、莫大《ばくだい》な利益をあげているのだ。

年齢はまだ、五十そこそことも聞く。

「あくどいことでもしねえかぎり、あの若さで検校にゃなれねえぜ」

そう教えてくれたのは、定町廻りの八尾半四郎だった。

検校になるためには、地歌《じうた》、三弦《さんげん》、箏曲《そうきよく》などの演奏や作曲ができ、しかも、鍼灸治療に精通していなければならない。渋沢検校も裸一貫からはじめ、音曲《おんぎよく》の才や鍼灸技術によって注目を浴び、金貸しの才能を発揮して成りあがった。

盲人たちには当道座と呼ぶ官許の組織《しくみ》があり、座頭、勾当《こうとう》、別当《べっとう》と出世し、最高位の検校に至るまでには七十余りの位階が存在する。安穏《あんのん》としているだけで出世は望めない。位階は金で買う。それがお上にも公認されている。検校まで出世するためには、一千両の金が要るともいう。

半四郎も指摘したとおり、渋沢検校はあくどいことをしてきたにちがいない。

それだけに、敵も多かろう。命を狙われる恐れもある。ために、多くの食客《しよつかく》を雇っているとの噂もある。鷲尾平内が食客のなかでも重い役目を占めているのは、あきらかなことだった。

風が冷たい。身を切られるようだ。

夜も更けたころ、表門脇の潜《くぐ》り戸《ど》から怪しい風体の月代侍が顔を出した。

「鷲尾だな」
才槌頭なので、すぐにわかった。
狂犬のような目をしている。
ひとを斬ったことのある男の目だ。
あたりを警戒する物腰には、寸分の隙もない。
抜き身の刃物が歩いているような印象さえ受けた。
どんよりとした空気が、あたりを包みはじめている。
三左衛門は傷口の疼きに耐えながら、鷲尾の背を追った。
と、そこへ。
「そばぁうぃ」
担ぎ屋台の呼び声が聞こえてきた。
足を止めた刹那。
「ひゃあああ」
女の悲鳴が闇を裂いた。
すわっ、疾風《はやて》のように辻を曲がる。
そこに、白刃を握った鷲尾が佇《たたず》んでいた。

足許では、夜鷹が子兎《こうさぎ》のように震えている。

「待て、待たぬか」

叫びながら、三左衛門は走った。

鷲尾平内が振りかえる。

血走った眸子を剝き、刀を八相《はっそう》に構えた。

「おぬしは誰だ」

「通りすがりの浪人さ」

「そうはみえぬ。わしを蹤《つ》けたであろう。さては、町方の隠密廻りか」

「そうだと言ったら」

「斬る。雇い主も、そう望むだろうさ」

「雇い主とは、渋沢検校のことか」

「ほかに誰がいる」

「検校には、探られたくない肚があると申すのか」

「そいつは、ご想像にまかせる」

「妙な言いまわしだな」

三左衛門は、首をかしげた。

「夜鷹斬りも、命じられてやっておるのか」

「ふっ、わしが下手人だと、頭からきめてかかっておるようだな」

「ちがうと申すのか。たった今、夜鷹を斬ろうとしておったではないか」

「脅しただけさ。まとわりついてきおったのでな」

ばかばかしい言い訳だなと、三左衛門はおもった。

「なぜ、夜鷹を斬る」

「おぬしに応える義理はない。だが、夜鷹斬りが検校の命《めい》であることは確かだ」

「なぜ、検校はそのような殺生をやらせる」

「理由などわからぬ。穿鑿《せんさく》せぬのが長生きの秘訣《ひけつ》でな。夜鷹斬りの報酬はいいらしいぞ。腹を空かせた野良犬どもにしてみれば、垂涎《すいぜん》の額だ」

「外道《げどう》め」

「何とでも言うがいいさ。そろりと、喋りは仕舞いにしよう。死にゆく者に喋っても、無駄なだけだからな。まいるぞ」

「させるか」

三左衛門は先手を取り、鷲尾の懐中に飛びこんだ。

――ひゅん。

白刃が閃《ひらめ》く。

切っ先が、鬢《びん》を削った。

「うぬっ、小太刀か」

鷲尾は意表を衝かれ、腰砕けになった。

三左衛門は身を寄せ、片手斬りで薙《な》ぎあげる。

「ふん」

左のたもとを断った。

じゃらじゃら音を立て、小判が地べたに散らばった。

「夜鷹斬りの報酬か」

小判は十枚を数えた。

「ぬおっ」

鷲尾が上段から斬りかかってくる。

三左衛門は身を沈め、脇胴を抜いた。

「うぐっ」

鷲尾は腹を押さえ、蹌踉《よろ》めきながら後ずさりする。

「くっ……お、おぼえておれ」

捨て台詞を残し、闇の向こうに去っていった。
夜鷹は腰を抜かしつつも、傷ひとつ負っていない。
礼のことばも言えずに、がたがた震えている。
「ほれ、大丈夫か」
三左衛門は腕を取り、助けおこしてやった。
皺《とし》顔に白粉を塗りたくっている。
年のいった夜鷹だ。
ふと、何者かの気配を感じ、三左衛門は振りむいた。
誰もおらず、闇がそこにあるだけだ。
「気のせいか」
鷲尾平内は、なかなかの遣い手だった。
手の内をみせたことは悔やまれるが、ひとひとりの命には替えられない。
やはり、鷲尾が夜鷹斬りの下手人なのだろうか。
はなしぶりから推《お》すと、そうでないような気もする。
いずれにせよ、すべては検校の命によるものらしい。
真実なのか。

だとすれば、なぜ。

わからないことだらけだ。

気づいてみれば、夜鷹は小判を拾いあつめている。

あらかた拾いあつめると、こちらを威嚇するように睨《ね》めつけ、暗がりに消えてしまった。

八

渋沢検校に会わねばならぬ。

息の掛かる近さで対峙《たいじ》し、化けの皮を剝いでやりたいと、三左衛門はおもった。

無論、一介の貧乏浪人が訪ねても、門前払いされるだけだ。

会うにも策がいる。

少し考え、借金を申しこめばよいと合点した。

そこで、夕月楼の金兵衛に相談してみると、快諾《かいだく》を得た。

「よろしい。ひと肌脱ぎましょう」

楼主《ろうしゅ》として借金を申しこむべく、ともに乗りこんでくれるという。

夕月楼は柳橋でも有名な茶屋なので、疑われる心配はまずない。

予想どおり、先方からも相談に乗りたいとの返答があった。

冬至《とうじ》も近づき、いっそう寒さも増した夜のこと。

ふたりは連れだって、焼餅坂までやってきた。

門番に誰何《すいか》され、名を名乗る。

すぐさま門の内に導かれ、小者が奥座敷に案内してくれた。

ところが、小半刻ほど経っても、検校はあらわれない。

三左衛門は少しばかり、苛立ってきた。

「浅間さま、良い香りがいたしますな」

金兵衛はそう言い、床の間に目をやる。

細長い花瓶《かびん》に、小粒の黄色い花が生けてあった。

「金木犀《きんもくせい》か」

「中庭に咲いておりましたぞ。そういえば、寒椿《かんつばき》のごとき色鮮やかな花は見当たりませんでしたな」

「検校だけに、色よりも香りのある花を好むのだろう」

「ふふ、そうともかぎりませせぬぞ」

「と、言うと」

「ざっと調べましたところ、渋沢検校はそうとうな色好みらしく、柳橋の茶屋街にもお忍びで足繁く通っております。金に飽《あ》かせて、若い芸妓《げいぎ》を取っ替え引っ替え褥《しとね》に誘っては、淫らなことをさせるのだとか」

「淫らなこと」

「口にするのも恥ずかしいことですよ」

芸妓が拒むと、その茶屋には二度と訪れぬと脅しをかける。主人《あるじ》は仕方なく、芸妓を説得する。芸妓は泣く泣く従うしかない。

「されど、検校はそうせざるを得ぬほどの大金を落としてゆく。とんでもない上客なのですよ、茶屋にとっても芸妓にとっても」

金兵衛の口振りから想像できるのは、肥えて脂ぎった胴欲者《どうよくもの》であった。

「それにしても、ずいぶん待たせるな」

「浅間さま、待たせて怒らせるのも、金貸しの手口ですよ」

「なるほど」

苛々《いらいら》が募れば、面倒な金利交渉もしたくなくなる。

そうした狙いもあるだろうが、来客をさばくのに手間取っているのだろう。

あいかわらず、夜は借金に訪れる客が多い。屋敷は広いので、客同士が鉢合わせすることはなかったが、大勢が出入りする気配は感じられた。

「茶も出ぬか」

金兵衛がこぼしたところへ、跫音が近づいてきた。

小僧に手を引かれ、渋沢検校がのっそりあらわれる。

大狸《おおだぬき》のような肥満漢で、顔は膨れた河豚《ふぐ》に似ている。

検校は床の間を背にして座り、脇息《きょうそく》に凭《もた》れた。

「わしが渋沢検校じゃ。借財を申しこまれたご楼主はそちらか」

「はい」

対面する金兵衛が返事をすると、検校は猪首《いくび》をかしげた。

もちろん、瞼はかたく閉じている。

耳を触角のように動かし、動静を窺っていた。

「お隣にもうひとり、おられるな」

「用心棒です。昨今は何かと物騒なもので」

「主人の後ろに控えず、隣で肩を並べるとは、恵まれた用心棒よのう」

のっけから、検校は鋭く指摘した。

三左衛門と金兵衛は顔を合わせ、ぺろっと舌を出す。

目のみえぬぶん、勘は鋭い。油断のできない相手だ。

「花街《かがい》の景気はいかがかな」

「よくありませんな。ご存じのとおり、日本じゅうどこもかしこも凶作つづき、諸色《しょしき》は鰻登《うなぎのぼ》りに高騰《こうとう》し、食えぬ連中が江戸市中にどっと流れこんでまいりました。辻斬りや辻強盗が頻発《ひんぱつ》し、花街の治安も悪化するばかり。旦那衆の財布の紐《ひも》も固くなるばかりで。ご贔屓《ひいき》の旦那衆も遊び呆《ほう》けていたら罰《ばち》が当たると、難しい顔で仰る始末、このままですと、近いうちに閑古鳥《かんこどり》が鳴きましょう」

「柳橋に閑古鳥か。世も仕舞いじゃな」

「さすがは検校さま、よくおわかりで」

「して、ご楼主、いかほどお望みかな」

「はい、三百両ほど」

「三百両となる。夕月楼のご楼主にしては、いかにも小さい金額じゃ。何か、格別な理由でもおありか」

「じつは、女将に内緒で用立てねばなりませぬ」

「女か」

「情けないはなしです」

金兵衛は横を向き、ぺろっと舌を出す。

「三百両はとある芸妓の身請《みう》け代、恥ずかしながら、入り婿の手前にはそれが用立てできませぬ」

「なるほど、よくわかった。お貸しいたそう。ただし、利息は高いぞ」

「それはもう、覚悟しております」

「ご返済の目処《めど》は」

「三年払いならば何とか」

「質草は」

「こちらにお持ちいたしました。葵下坂にございます」

「葵下坂、刀か」

検校は不審げな顔になり、じっと考えこむ。

「お望みなら、ご覧にいれましょう」

間髪《かんはつ》を容《い》れず、三左衛門が膝を持ちあげた。

小太刀を抜きはなち、素早くそばに近づく。

検校は眉根を寄せた。

「抜いたな、無礼者め」

「ほほう、わかるのか」

検校の咽喉もとには、濤瀾刃《とうらんば》が光っている。

ひんやりとした感触に、鳥肌が立ったことだろう。

「これが葵下坂だ。名匠越前康継の業物でな、茎《なかご》に葵紋を鑽《き》ることが許された紛《まご》うかたなき逸品さ」

銀鼠《ぎんねず》の地肌に艶やかな濤瀾刃、棟区《むねまち》に刻まれた刀身彫刻は毘沙門天《びしゃもんてん》に薬師如来《やくしにょらい》に文珠菩薩《もんじゅぼさつ》、名人越前記内《きない》の手になる三体仏であった。

「控えよ、戯れ言は許さぬ」

検校はたじろぎもせず、悠然と言ってのけた。

「わしは渋沢検校ぞ。こちらが願い出れば、上様にお目通りできる身の上じゃ。下郎の分際で刃を向ければ、死罪ぞ」

「刃を向けたのではない。業物を披露してやったのだ」

「わしにはみえぬ。業物と鈍刀《なまくら》の区別すらつかぬわい」

「心眼でみろ。おぬしのかさねてきた非道を、刀身に映してみせよ」

「ふん、用心棒ずれに脅されるとはな。おぬしら、狙いは」

三左衛門は愛刀を鞘《さや》に納め、一歩下がって正座した。

「おぬし、鷲尾平内なる食客を飼っておろう」

「ふむ、それがどうした」

「一昨晩、鷲尾は夜鷹を斬りかけた。理由を問えば、報酬のためだと抜かす。報酬を払うのは検校、おぬしだ。なぜ、夜鷹を斬らせるのだ」

「ふっ、そんなことを聞くために、かような小細工を弄《ろう》したのか」

「いかにも」

「ばかばかしい。わしが夜鷹斬りをやらせたなどと、根も葉もない与太話《よたばなし》にすぎぬわい。だいいち、鷲尾は旅に出た。もはや、検校屋敷との関わりは微塵《みじん》もない」

「証拠隠しに走ったのか」

三左衛門は勘ぐりを入れたが、鼻であしらわれた。

「ふん、何とでも抜かせ。おぬしらの無礼、今夜のところは大目に見てやろう。これ以上、余計な勘ぐりを入れるようなら、こっちにも考えがある」

「ほほう、その考えとやらを聞きたいな」

「言うまでもない。命がなくなるということさ、ぬふふ」

検校は鼻で笑ってみせた。

この余裕はいったい、何だ。

三左衛門は不気味に感じ、片膝立ちで身構えた。

間合いは近い。

一歩踏みこめば、小太刀でも首を掻くことができる。

要は、畳を血で穢《けが》す勇気があるかどうかだ。

「出合え、出合え」

突如、検校は太い声を発した。

左右の襖《ふすま》が開き、食客どもが一斉に白刃を抜きはなつ。

と同時に、検校は足許に隠された栈《さん》を引いた。

「鼠《ねずみ》め、地獄へ堕ちるがいい」

「うわっ」

畳がひっくり返り、からだが宙に浮いた。

眼下にあるのは、深い闇だ。

三左衛門は、奈落《ならく》の底に落ちていった。

九

目を醒ますと、壁にもたれて座っており、腰のあたりまで水に沈んでいた。
頭がずきずき痛む。
月代に手を翳《かざ》すと、ぬるっとした。
暗くてよくみえぬ。血の臭いがする。
からだは冷えきり、足腰は軋《きし》むように痛い。
治りかけた腹の刺し傷は、膿《う》みかけている。
頭は重く、何か考えようとすれば、耳鳴りがしてくる。
それでも意識を集中すると、次第に記憶が甦《よみがえ》ってきた。
そうだ。
検校屋敷を訪れ、不覚を取った。
金兵衛は無事か。
そのことだけが、気に掛かって仕方ない。
三左衛門は起き、手探りで壁面を撫でまわす。
穴はどうやら円形で、両手を広げれば届きそうな狭さだ。

まさに、古井戸だった。
高さは、わからない。
天井を見上げても、深い闇があるだけ。
石壁は苔生《こけむ》しており、つるつる滑った。
手掛かりも足掛かりも、何ひとつ見つけられない。
焦りだけが募った。
このまま、水にずっと浸かっていれば、体温は確実に奪われてしまう。
「そうだ、刀」
水底《みなそこ》を調べてみると、小太刀が鞘ごと沈んでいた。
拾いあげ、抜いてみる。
微かに、蒼白い光が放たれた。
愛刀を抱えているだけでも、ずいぶん気分は落ちつく。
三左衛門は壁をよじ登ろうと試みたが、無駄であることはすぐにわかった。
こうなれば、敵の出方を待つしかない。
ふたたび水に浸かり、じっと耐えつづけた。
おまつの顔が浮かび、おすずとおきちの笑顔も浮かんでくる。

「くそっ」

どうして、こんなことになったのか。

悔し涙が溢れてきそうだ。

検校を舐めすぎたとしか言いようがない。

じっとしていると、富岡城下を潤す鏑川《かぶらがわ》がおもいだされてくる。

春は鮎釣《あゆつ》り、夏は泳ぎくらべ、秋は紅葉、冬は荒船山《あらふねやま》の岩膚《いわはだ》を仰ぎみた。

このままでは、もう二度と、懐かしい風景を目にすることはあるまい。

おもいだしたくもない血の記憶まで甦ってくる。

城下に松葉時雨《まつばしぐれ》が降りそそぐなか、殿様を襲撃した謀反人《むほんにん》を斬った。

馬廻り役として、当然のことだ。が、謀反人のなかには親しい朋輩《ほうばい》もふくまれていた。

慚愧《ざんき》の念に耐えきれず、藩を出奔《しゅっぽん》し、家族も故郷も捨てた。

二十歳での出仕《しゅっし》から、二十年近くも七日市《なのかいち》藩の禄を食《は》んだ。そのころの暮らしは偽《いつわ》りのようで、おまつに甘えながら生きる江戸での気儘《きまま》な浪人暮らしが性に合っている。今さら帰参を望む気など微塵もないし、他藩へ仕官する志もない。

士分を捨ててもよいとすらおもっていた。

ただ、鏑川の風景だけは忘れられない。

死の予感がそうおもわせるのか、もういちど、河原に吹きぬける風を胸腔《むね》いっぱいに吸いこんでみたかった。

消し去ることのできぬ郷愁が、気持ちを鬱々《うつうつ》とさせる。

三左衛門は立ったまま、経を唱えはじめた。

ひと区切りつくたびに、刀で石壁に傷をつけてゆく。

傷が四つで半刻、八つで一刻、そうやって時の経過をやり過ごす。

節々の痛みは感じなくなり、ふやけた足先から感覚が麻痺《まひ》しはじめていた。

鷺《さぎ》のように片足立ちになり、どうにか耐えるしかない。

水は凍えるほどに冷たく、体温は奪われてゆく。

経を唱える声は切れ切れになり、睡魔と闘いつづけた。

刀で太股を浅く刺し、痛みによって覚醒させるしか手はない。

壁の傷はぜんぶで三十一を数え、三十二個目を付けようとしたとき。

天井に、わずかな隙間が開いた。

強烈な光が射しこみ、新鮮な空気が迷いこんでくる。

三左衛門は咄嗟に身を沈め、水面に浮かんでみせた。

「おい、浮いてるぞ。死んだんじゃねえのか」

「そいつはまずい。検校さまから死なせるなと命じられておる」

ふたりの見張りが喋っている。

「ぴくりとも動かぬぞ」

「おぬし、ちと降りて確かめてこい」

「わしがか。生きておったらどうする」

「刃向かったら、斬ればよかろう」

「だな」

「生きていたとしても、そうとうに弱っておるはずさ。なにせ、丸一日水牢に浸かっておったのだからな」

「そりゃそうだ」

「降りたら、博打《ばくち》の負けはちゃらにしてやる」

「ほんとか」

「ああ」

「よし、縄梯子《なわばしご》を降ろしてくれ」

龕灯《がんどう》を腰にぶらさげた男が、縄梯子を伝ってするする降りてきた。

三左衛門は仰向けに浮いたまま、眸子をじっと閉じた。

ばしゃっと、水音がした。

「おうい、降りたぜ」

下の男が叫ぶと、上から声が降りてくる。

「どうだ、生きておるか」

「待て、小太刀があるぞ」

「早く奪え」

「わかった」

男は小太刀を拾い、腰帯に差した。

そして、みずからの大刀を抜き、そっと近づいてくる。

髷を引っぱられ、首筋に刃をあてがわれた。

三左衛門の顔は、蒼白い死人のようだ。

「うえっ、こいつ、死にかけてる」

「よし、引きあげるぞ」

「え、どうやって」

上と下で、懸命に怒鳴りあっている。

三左衛門は、そっと片目を開けてみた。

ふたりとも、うらぶれた浪人者のようだ。

検校に飼われた食客であろう。

ひゅるるっと、二本の縄が降りてきた。

「そいつの腰と胸を縛れ」

「例のやつを使うのか」

「おう、そうだ」

上の男は、穴の縁に滑車を設置した。

三左衛門は、気を失ったふりをしつづけた。

「よし、引きあげてくれ」

下の男が合図を送ると、きゅるきゅると滑車が廻りだした。

「くそっ、おもったより重いぞ。おい、早く上ってこい」

「わかってるよ」

三左衛門は、梯子を上ってゆく男の背中を窺った。

そして、腰に差された小太刀の位置を確かめた。

ふたりがかりで、縄が勢いよく引きあげられた。

宙吊りにされた途端、縄でぐっと締めつけられ、息が詰まった。

ここは耐えるしかない。

生きるか死ぬかの瀬戸際だ。

壁に頭がぶつかるたび、悲鳴をあげそうになる。

何とか持ちこたえ、天井まであがってきた。

検校と対峙した床の間のある八畳間だ。

「背中から両脇を抱えろ。そうだ、引きあげろ」

「よし、それ」

仰向けにされ、ずるずる腰まで畳に引きあげられた。

今だ。

そうおもうと、自然に腕が動いていた。

腋《わき》を抱えた男の襟首をつかみ、渾身《こんしん》の力を込める。

「ぬわっ、ふわああ」

男は前のめりの恰好で投げだされ、奈落の底に落ちてゆく。

「こ、こやつめ」

滑車のそばから、別のひとりが斬りつけてくる。

三左衛門の手には、抜き身の葵下坂が握られていた。

柔術の要領で男を投げた瞬間、腰帯から引きぬいたのだ。

「ぎぇっ、ひぇえええ」

男は左脛《ひだりすね》を刈られ、尋常ではない悲鳴をあげた。

七転八倒しながら襖を破り、廊下に逃れてゆく。

三左衛門も、追おうとした。

だが、足が縺《もつ》れて動かない。

胸と腰は、縛られたままだ。

縄を小太刀で断ちきった。

食客どもの怒鳴り声が聞こえてくる。

「こっちだ、早くしろ」

「くせものを、捕らえるのだ」

大勢の跫音が、廊下の端から迫ってきた。

もはや、じたばたしても無駄だ。

三左衛門は刀を捨て、がっくり肩を落とした。

十

目が醒めてみると、蔵のようなところに押しこめられていた。
「うっ」
腹に痛みが走る。大勢に囲まれ、撲《なぐ》る蹴るの暴行を受けたのだ。
おそらく、顔は別人のように腫れあがっているにちがいない。
刻《とき》の感覚は狂っていた。
水牢に丸一日浸かってから、いったい、どれほどの刻が経ったのか。
——じゅいいん。
すぐ近くで、真鶸が鳴いた。
どうやら、ここは検校屋敷のどこかららしい。
天窓の狭間から、弱い光が差しこんでいる。
夕陽であろうか。それとも、月明かりか。
月明かりなら、さらに一日経ったことになる。
丸二日、手足を縛られ、閉じこめられているのだ。
「冬至か」

江戸は闇に支配され、暦のうえでも寒の入りとなる。
照降長屋の連中は今頃、湯屋の柚子《ゆず》湯にでも浸かっているにちがいない。
あるいは、南瓜《かぼちゃ》を煮て食い、新酒の下り酒を楽しんでいるかもしれない。
羨ましいなと、心底からおもった。
それにしても、金兵衛の生死が気に掛かる。
無事でいてくれと、祈らずにはいられない。
半四郎にも相談せず、外出先も告げずにやってきた。
ふたりが検校屋敷にやってきたことは、誰も知らない。
おまつも、夕月楼の女将も、御用聞きの仙三も知らぬ。
金兵衛を安易に誘ったことを、今さら悔いても遅かろう。
がさっと、何かが動いた。
「ん、金兵衛か」
声を掛けてみる。
鼠が一匹、目のまえを走りすぎた。
が、人の気配はそこにある。
三左衛門は、両手両足を雁字《がんじ》搦《がら》めに縛られていた。

俯せになり、芋虫《いもむし》のように這ってゆく。

「う……くうう」

暗闇から、小さな呻《うめ》き声が漏れている。

「おい、誰かおるのか」

さらに近づいてみると、金兵衛とは別の人物が柱に繋がれていた。

「あ、おぬしは」

鷲尾平内であった。

「だ……誰だ」

虫が囁《ささや》くような声だ。

左目を潰され、右目だけが辛うじて開いている。

三左衛門は這い、息が届くほどまでに近づいた。

「わしだ。ほれ、この顔に見覚えがあろう」

「あ、あのときの……お、隠密廻りか」

「ちがう。わしはただの浪人だ。知りあいの夜鷹が斬られた。ゆえに、下手人を捜しておったのだ」

「わ、わしではない……げ、下手人ではない」

「なに」

「わ、わしは……じ、寺社奉行……ど、土井大炊頭《どいおおいのかみ》様の配下……お、隠密同心だ」

「なんだと」

土井大炊頭利位《としつら》といえば、聡明な殿様として知られる古河藩《こがはん》八万石の藩主、齢《よわい》三十七にして将来を嘱望《しよくぼう》される逸材《いつざい》とも噂される人物である。

「夜鷹斬りの下手人は、別にいると申すのか」

「そ、そうだ……ふ、冬木新兵衛《ふゆきしんべえ》という野良犬だ」

検校の食客で、立身流《たつみりゆう》の居合を使う。心から残忍な男らしい。

およね婆が見掛けたのは、おもんを斬った下手人ではなく、下手人のあとを跟《つ》けた鷲尾の後ろ姿だった。

「そうか、それも知らずに動いておったとはな」

三左衛門は、奥歯を嚙んだ。

「しかし、なぜ、検校は冬木なる者に夜鷹を斬らせたのだ」

「そ、それは」

どうやら、出生の秘密に関わってくるらしい。

検校の母親は、瘡《かさ》で野垂れ死んだ夜鷹だった。とかく、そうした噂は同業者の妬《ねた》みから囁かれるものだが、渋沢検校のはなしは真実だという。名の知られた神社の神主が「検校は捨て子だった」と、鷲尾に証言した。鼻の欠けた夜鷹が、菰《こも》にくるまった幼子を捨てたのである。

捨て子は三つに満たず、盲目だった。

三つまで育てられたことが、むしろ、奇蹟であったというべきかもしれない。

母親にも未練はあったのだ。

神主は不憫《ふびん》におもい、捨て子を育ててやった。

はたして、生きのびたことが良かったのかどうか。

おそらく、幼いころは筆舌に尽くしがたい苦難を味わったことだろう。

ただ、その子は目がみえないぶん、耳の能力に長けていた。音曲の才を発揮し、橋田《はしだ》という偉い検校の茶坊主《ちゃぼうず》になった。そして、利発さが気に入られ、橋田検校のそばで身辺の世話をするうちに、さまざまな処世術を身につけていった。

独りだちを許されてからは、わずかな元手で金貸しをはじめ、数年後には性悪な座頭貸しとなり、貧乏侍や小商いの連中から容赦なく利息を搾《しぼ》りとった。脇目も振らず金儲《かねもう》けに走り、貯めた金で官位を買い、身分の高い連中と交流を持ち、表向きは如才《じょさい》なく振るまい、裏では同業で張り合う相手を汚い手段で蹴落とし、今の地位を得るまでになったのだ。

偉くなれば、来し方の汚点を消したがる。

「それが人というものだ」

と、鷲尾は言った。

「みずからの出生を呪《のろ》っているのであろう」

たしかに、検校が夜鷹の子では外聞もわるい。お上に知れたら、身分を剝奪《はくだつ》される恐れもある。しかし、それだけの理由で夜鷹を斬らせているのだとすれば、あまりにも狂気じみていると、三左衛門はおもった。

「わ、わしが調べておったのは……よ、夜鷹斬りではない」

鷲尾平内は土井大炊頭の意向を受け、渋沢検校の悪行《あくぎょう》を暴《あば》くべく、半年前から屋敷に潜りこんでいた。

調べるべき対象は、渋沢検校が手をくだした検校殺しに関する疑いである。ほかでもない、殺されたのは、恩師とも言うべき橋田検校そのひとであった。

じつは、検校屋敷に女中奉公であがった町娘三人も同様の手口で毒殺されており、橋田検校殺しの疑惑は解明されつつあった。不審死を遂げた娘のなかに、枯露柿をつくるおよね婆の孫娘もふくまれていたのだ。

「何だって」

およねの孫娘は、おときといった。渋沢検校から手込めにされ、舌を嚙みきろうとしたができず、生きながらえた。

手込めにした証拠を消すために、毒を盛られたのである。

鷲尾は毒を盛った小者を捕らえ、事の一部始終を吐かせていた。

さらに、確乎《かっこ》たる証拠をつかもうとして捕まり、辛い責め苦を受け、蔵に繫がれたのだという。

「おぬしと、もうひとり……ちょ、町人がおったな」

「金兵衛か」

「ふむ、そ、そやつは……に、逃がしてやったぞ」

「ほんとうか」

「ああ、証拠の品を預け、裏口から逃がした」

うまく逃げのびてくれたら、助っ人が来てくれるかもしれぬと、鷲尾は弱々しく微笑む。

助っ人とは、寺社奉行の配下であろうか。

「い、いや……じ、寺社奉行の役宅には、走らせなんだ」

金兵衛が誰と相談するか。

検校の悪行が白日の下に晒《さら》されるかどうかは、それにも懸かっていると、鷲尾は苦しげに言った。

「なぜ、寺社奉行ではまずいのだ」

「獅子《しし》身中《しんちゅう》の虫《むし》がおる。わ、わしらの仲間に……う、裏切り者がおるのさ……そ、それゆえ、わしは捕まった」

渋沢検校と通じる重臣がいることはわかっている。

だが、誰なのかは特定できぬ。したがって、下手《へた》に大炊頭の役宅に飛びこめば、飛んで火にいる夏の虫になってしまう。

「町方のほうがまだよいという判断か」

「さよう」

「賢明だったな」

金兵衛がまっさきに駆けこむさきは、半四郎のもとだ。

そのことを説明すると、鷲尾は渋い顔をつくった。

「町方の同心では、正面切って検校屋敷には踏みこめぬ」

なにせ、寺社奉行の管轄だ。まずは、門前払いされるのが関の山だろう。よほどの知恵者でもないかぎり、屋敷内に一歩も踏みこめぬであろうと言い、鷲尾は才槌頭を振った。

三左衛門は、声を弾ませた。

「その点なら、まず心配はいらぬ。大船に乗った気でおればいい」

半四郎なら、何とかしてくれる。

「そう願いたいがな……い、いずれにせよ、わしはもう仕舞いだ……つ、つぎの責め苦に耐えられそうもない」

「何を弱気な」

「こ、これをみろ」

鷲尾は、縛られた両手を差しだした。

右手の人差し指と中指を根元から失い、残った指の生爪はすべて剝がされている。

「わしが死ねば、つ、つぎはおぬしの番だ……そ、そのまえに、助っ人が来ることを祈っておる」

やがて、死神の迎えがやってきた。

ぎぎっと、石臼《いしうす》のような扉が開けられたのだ。

「さあ、行け……わ、わしから離れろ……は、早く」

手燭《てしょく》を掲げた浪人どもが、獣の臭いとともに近づいてきた。

鷲尾平内は引きずられていき、二度と戻ってはこなかった。

十一

すっかり、眠りこんでしまったらしい。

「ほにほろ、ほにほろ」

どこからともなく、飴売りの声が聞こえてくる。

天窓の隙間は塞がれてしまったので、昼夜の区別もつかない。

「ほにゃほろ、ほにゃほろ」

「ん」

聞き覚えのある声だ。

「又七か」

三左衛門は、耳に神経を集中した。

「ほにゃほろ、ほにゃほろ、ころがき、つりがね」

「なんだ」

妙なことばを連呼している。

「ころがき、つりがね、ころがき、つりがね」

やがて、呼び声は聞こえなくなった。

と同時に、石臼のような扉が開き、厳《いか》つい男がひとりあらわれた。

みたことのない悪相の浪人だ。

「ふん、まだ生きていやがった」

ばすんと腹を蹴られ、息が詰まる。

「わしは冬木新兵衛、血をみるのが三度の飯より好きでな」

三左衛門は、ぺっと唾を吐いた。

「夜鷹殺しめ」

「あれ、何で知ってやがる。ははん、隠密野郎と喋ったな。勝手なことをしやがって、こうしてやる」

拳骨《げんこつ》で顔を撲られ、鼻血が飛んだ。

「ふへへ、夜鷹斬りは金になる。ありゃ、いい商売だぜ」

三左衛門は鼻血を舐め、三白眼に睨みつける。

「外道め、わしをどうする気だ」

「責めあげて素姓を吐かせるのさ。いいや、吐かずともいい。どっちにしろ、おぬしは死ぬ。苦しんで死ぬか、楽に死ぬか、ちがいはそれだけさ」

「鷲尾平内は、どうなった」

「三途《さんず》の川《かわ》を渡ったよ、この世の地獄を充分に味わったあとでな。ふん、しぶとい野郎だったぜ。寺社奉行の隠密だということは、わかっておるのにな」

「ほう、寺社奉行の配下に知りあいでもおるのか」

「うるせい」

ばすんと、また腹を蹴られた。

「そいつは検校にでも聞くんだな。もっとも、今は釣鐘を迎える支度に忙しかろうぜ」

「釣鐘」

三左衛門は、片眉を吊りあげた。

「新しい釣鐘を鐘撞堂に吊してな、煩悩《ぼんのう》を断つんだとよ。わしには、ようわからぬ。ともあれ、検校屋敷がまた寺に変わるのさ」

内外に権勢を誇示すべく、鐘撞堂の鐘を新調しようとしたのであろうか。

又七らしき飴売りの発した「ころがき、つりがね」という台詞が気に掛かる。

「もうすぐ、釣鐘が運ばれてくる。

それまでは、おめえも生きながらえるってわけだ。素姓を吐くんなら、今のうちだぜ」

三左衛門は顔をあげ、ぺっと唾を吐いた。

「ふん、そうきたか」

またもや、どすんと腹を蹴りあげられた。

「うぐっ」

全身が痺《しび》れ、咽喉をひきつらせながら嘔吐《おうと》する。

口から吐きだされてくるのは、血の混じった黄色い汁だけだ。

「ぬへへ、せいぜい苦しむがいいさ」

冬木は去った。

腰帯には、見覚えのある葵下坂が差してあった。

十二

さらに数刻経ち、冬木が手下ふたりを連れてやってきた。

「悪運の強い野郎だぜ。おぬしはこれから、裁きの場に出される」

「裁きの場だと」

「ああ、そうだ。この検校屋敷にゃ白洲《しらす》もあってな、罪人はそこで裁かれ、裏手の首切場で処刑されるって寸法だ」

「よくわからぬな」

「わかる必要はない。ほら、おまえたち、こやつを引っ立てい」

「へへえ」

三左衛門は足の縄を外され、後ろ手に縛られたまま引かれていった。

蔵の外に出た瞬間、眩《まぶ》しさに目が開けられなくなった。

実際はやわらかな夕陽であったが、暗闇に馴れた目にはきつすぎる。

白洲は屋敷の裏手に当たる西門側に位置しており、三左衛門は杏子色《あんずいろ》の夕陽を背にして座らせられた。

白砂利《しろじやり》の敷きつめられた白洲は町奉行所の本物と造作が似かよっており、正面の座敷は三間仕切りで、鞘形模様《さやがたもよう》の襖がこちらに向いている。手前は三尺板縁《いたべり》の折りまわし、中央に一間幅三段の階段がしつらえられ、上の間正面に目をやれば、奉行然とした人物が偉そうに座っていた。

どうやら、その人物が裁くらしい。

かたわらには、黄檗色《きはだいろ》の袈裟衣を纏った渋沢検校が控え、月代頭の侍数名が蹲踞《つくばい》同心よろしく警護している。さらには、検校の食客らしき浪人どもが、薄汚い身なりで白洲を遠巻きに囲んでいた。

その数、ぜんぶで三十は下るまい。

莚《むしろ》に座らせられた三左衛門は、手を縛っていた縄をも解かれた。

ようやくにして縛《いまし》めは解かれたが、おいそれと抵抗はできない。

左右にひとりずつ、さらに、背後にも冬木をふくめて二匹の野良犬が控え、いざとなれば斬りかかる構えでいる。

体力にも自信がなかった。

やっとのことで正座しているのだ。

腕は使えそうだが、足は萎《な》えていた。

やはり、水牢責めが効いているのだ。

理不尽な裁きは、日没前にはじまった。

敷地内がしんと静まりかえるなか、中央の偉そうな人物が野太い声を張りあげる。

「面《おもて》をあげい。古河藩江戸留守居役《るすいやく》、大貫左門《おおぬきさもん》である。寺社奉行土井大炊頭様の代行として本件を裁くべく、馳《は》せ参じた」

黒幕であろうか。

狐《きつね》のような面をした五十絡みの男だ。

大貫左門は身を乗りだし、三左衛門の顔を睨《ね》めつける。

「ふうむ、知らぬ顔じゃな。わが藩の者ではあるまい。おぬし、町奉行所の密偵《いぬ》か」

「いいや、ただの素浪人でござる」

「素浪人がなにゆえ、ここにおるのだ、おかしいではないか。策を弄し、検校に近づいたのはなにゆえか」

「夜鷹殺しの下手人を捜しておりました」

「夜鷹殺しじゃと、はて」

大貫は戸惑った様子で、隣の渋沢検校に顔を向ける。

これを気配で察した検校は、平然と発してみせた。

「この者、町方の密偵でなければ、強請《ゆすり》を生業とする蔵宿師《くらやどし》のごとき者、この検校めに夜鷹殺しの汚名を着せ、大金を得ようとしていたに相違ござらぬ」

「されば、この者こそが夜鷹殺しの下手人やもしれぬな」

「御意」

大貫は正面に向きなおる。

「なれど、おぬしの嫌疑は別にある。橋田検校殺しの疑いじゃ」

　橋田検校はかつて、この屋敷の持ち主であった。渋沢検校の師であり、小僧のころから目を掛けてもらった恩人でもある。

　その恩人が不審な死を遂げたことにより、渋沢検校が遺産を引き継ぐこととなった。家屋敷のみならず、当道座における地位も権勢も、すべて引っくるめて相続する恰好になったのだ。

　かねてより、橋田検校の死には殺しの疑惑が取り沙汰されていた。何者かによる毒殺である。

　無駄とは知りつつも、三左衛門は応えた。

「橋田検校など、みたこともないわ」

「黙らっしゃい。おぬしは五年前の今日、浜町河岸のそばにある久松町の茶屋にて、橋田検校に毒を盛った。おぼえがあろう。素直に吐けば罪一等を減じ、武士らしく腹を切らせてつかわす」

「笑止。身におぼえのないことで、どうして腹を切らねばならぬ。それに、五年もまえのことを、なぜ、今さら掘りかえさねばならぬのだ」

「そこよ。橋田検校の遺族より、毒殺の疑いありとの訴えがあってな。どうせ、渋沢検校の出世を妬む者に焚《た》きつけられたのであろう。ところが、訴えは不運にも御奉行の目に留まり、当道座支配も兼ねるこのわしが本件の調べなおしを命じられたのじゃ。ふふ、わしでなければ危ういところであったわ」

大貫は、ふくみ笑いをしてみせる。

渋沢検校の犯した罪を、縁もゆかりもない三左衛門に擦《なす》りつける魂胆《こんたん》なのだ。もっともらしい理由を付けて首謀者を仕立てあげ、寺社奉行に事後報告する気にちがいない。

三左衛門は、ぎりっと奥歯を嚙みしめた。

「茶番に付き合うのは、もう懲《こ》り懲《ご》りだな」

「ほほう、なかなか良い度胸をしておるではないか。おぬし、名は」

「浅間三左衛門」

「生国は」

「上州富岡」

「富岡藩の元藩士か」

「いかにも」

「それだけ聞けば充分だ。もう、用はない。その者に沙汰を申しつける」

「お待ちを」

声を掛けたのは、意外にも渋沢検校であった。

「大貫さま、死に行く者に餞別《せんべつ》のことばをお許し願えませぬか」

「よかろう」

検校は小者に手を引かれることもなく、三段の階段を器用に降り、さらには白《しろ》足袋《たび》を履いたまま、三尺の板縁をも降りて白砂利を踏みしめ、こちらに近づいてきた。

「検校さま、それ以上はお近づきになられますな」

冬木が制しても、平然と鼻先までやってくる。

そして、やや腰をかたむけ、懐中から何かを取りだした。

「これをくれてやろう」

「枯露柿か」

「さよう。この甘い味だけは忘れられぬ。幼いころ、母に食わせてもらった味じゃ。その味が忘れられず、わしは屋敷に柿の木を植えた。偶《たま》さか、渋柿を枯露柿にしてくれた老婆がおってな、わしは老婆の孫娘を屋敷奉公させたのじゃ。あの娘……さよう、おときは素直で可愛い娘であった。あの娘だけは失いたくなかったがな……ふっ、今となっては何を言ったところで詮無いことじゃ」

沈痛な面持ちで罪を告白したところで、同情の余地はない。

卑劣漢《ひれつかん》の懺悔を聞いたところで、得るものは何もなかった。

「おぬしが知りたかったのは、わしが夜鷹を斬らせた理由であったな。それは夜鷹どもが枯露柿を食っておったからさ。およねの十九文屋に立ちよっては、物乞いのように貰っておった。そのあさましさが、許せなんだのよ。盲目の子は捨てても、枯露柿は食べたがる。そうした人間のあさましさが、わしにはどうしても許せなんだ」

「それだけの理由で人の命を奪うのか。鬼め、天罰が下るぞ」

「ふはは、よかろう。覚悟はできておる。おぬしには礼を言わねばなるまい。わしは今、心底に渦巻くどす黒いものを吐きだした。吐きだしたら、心は晴れやかになった。おぬしはわしの毒を呑んだまま、三途の川を渡るのだ。さらばじゃ、下郎」

検校は腰を伸ばし、くるっと踵《きびす》を返す。

大貫左門より、打ち首の沙汰が下された。

茶番は終わり、いよいよ、土壇《どたん》に引かれてゆくことになった。

「もはや、これまでか」

さすがの三左衛門もあきらめたようにつぶやくしかない。

冬木が近づき、また腕を縛ろうとした。

と、そこへ。

おもいがけぬ報せが届けられた。

新たな釣鐘が運ばれてきたのだ。

十三

検校の指示により、釣鐘は鐘撞堂へ運ばれていった。

白洲には、釣鐘をつくったのであろう鋳物師の親方がやってきた。

「ご苦労であったな」

検校は裁きのことも忘れ、親方を慰労する。

そのあいだは、時が止まったようになった。

大貫左門も釣鐘のことは聞いており、黙って事の推移を見守った。

親方はわざわざ、鋳物師の町として知られる武蔵国《むさしのくに》の川口からやってきた。何人かの弟子をともなっており、三左衛門はそのなかに知った顔をみつけた。

「鉄五郎か」

おもんを失って悲しみに暮れていた亭主だ。

釣鐘造りに関わっていないはずの男が、親方にともなわれてあらわれた。

――ころがき、つりがね。

又七の売り声が耳に甦ってくる。

突如、閃いた。

半四郎が助けにきてくれたのだ。

そのことを報せるべく、鉄五郎はやってきたにちがいない。

鐘撞堂のほうから、吊ったばかりの釣鐘の音が響いてきた。

「うえっ」

誰もが耳を塞いだ。

まるで、火事を報せる擦《す》り半鐘《ばんしょう》のような賑やかさだ。

間隙《かんげき》を逃さず、三左衛門は動いた。

背後に立つ冬木の腰帯から、葵下坂を抜きとる。

「うしゃ……っ」

胸乳を裂き、返り血を避けながら反転してみせた。

冬木は驚いた顔で、背中から大の字なりに倒れてゆく。

三左衛門は独楽のように回転し、もうひとりの脾腹《ひばら》を抉《えぐ》った。

「ぬごっ」

さらに、左右のふたりを斬りふせる。

「ぎょえ……っ」

鐘の音は止み、断末魔《だんまつま》の声に取ってかわった。

「ええい、何をしておる。そやつを斬れ、早う斬らぬか」

大貫が叫ぶかたわらで、渋沢検校は泰然《たいぜん》と構えている。

三左衛門は、大勢に囲まれた。

囲みの遥か向こうでは、鉄五郎が心配そうにみつめている。

そのとき。

囲みの一角が破られ、猛然と斬りこんでくる者があった。

濡《ぬ》れ鴉《がらす》のような着流しに小銀杏髷《こいちようまげ》、三尺に近い刀を振りかざすのは、八尾半四郎にほかならない。

「浅間さん、遅くなった」

「おう」

勇気百倍、三左衛門のからだが躍りだす。

敵のただなかに斬りこみ、たちまちに三人を斬りふせた。

「ぐひぇっ」

鮮血が噴いた。

生きるか死ぬかの瀬戸際だ。

刀を峰に返す余裕などない。

一方、半四郎の握る得物も刃引刀ではなかった。

十手持ちではなく、一介の侍として闘っている。

干戈《かんか》を交えた者たちは、死の恐怖に身を竦ませた。

「斬れ、斬りすてよ」

大貫は声を嗄《か》らし、検校はじっと耐えている。

瞬《また》く間に、屍骸が築かれていった。

しかし、敵の数はまだかなり残っている。

三左衛門はさすがに、辛くなってきた。

足が一歩も出なくなり、小太刀でからだを支えるしかない。

左右の膝が震えだし、地べたにがっくり片膝をついた。

「浅間さん、平気か」

「うい」

もはや、半四郎の呼びかけにも、まともに応じることができない。

野良犬に背後から斬りかかられ、三左衛門は砂利のうえに転がった。

「覚悟せい」

「浅間さん」

半四郎の声は遠い。

何人もの敵を相手取り、必死に闘っているのだ。

三左衛門は右に左に転がり、闇雲《やみくも》に刀身を振った。

かつて、上州一円に名を轟かせた剣客らしくもない。

俎《まないた》の鯉《こい》と化し、死の淵で悪あがきをしている。

それでも、敵のひとりは脛を斬られ、沈痛な悲鳴をあげた。

「ええい、退《の》け」

月代頭の巨漢があらわれ、剛刀を振りあげた。

「死にさらせ」

上段の一撃が落ちてくる。

三左衛門は砂利をつかんで投げ、必死に逃れようとした。

切っ先が鬢のすぐわきに刺さり、すぐさま、引きぬかれてゆく。

「とどめじゃ」

夕陽を背負った巨漢が身を反らし、ふたたび、剛刀を振りかぶった。

「南無三《なむさん》」

死を覚悟した。

刹那、耳を潰すほどの轟音《ごうおん》が響いた。

正門が破られ、物々しい連中がどっと雪崩《なだ》れこんでくる。

「うわっ、捕り方だ」

信じがたい光景を目にし、敵どもは呆然《ぼうぜん》と立ちつくすしかない。

「くおっ」

三左衛門は渾身の力を込め、葵下坂を突きあげた。

切っ先は巨漢の胸に刺さり、背中まで突きぬけた。

十四

生き残った野良犬どもが、這々《ほうほう》の体《てい》で逃げだした。

「やっと来やがった」

半四郎が歩みより、ふんと鼻を鳴らす。

返り血を浴びているので、恐ろしいすがただ。

捕り方の装束から推せば、雪崩れこんできたのは町方ではない。

「寺社奉行の配下さ」

半四郎は刀を鞘に納め、肩を貸してくれた。

屋敷の裏手も捕り方で固められ、野良犬どもに逃げ場はない。

捕縛された者たちの呻きや悪態が聞こえるなか、黒鹿毛《くろかげ》の駿馬《しゅんめ》にまたがった陣笠の侍が一騎、土煙を巻きあげ、颯爽《さっそう》と乗りこんできた。

少し遅れて、汗みずくの供人が走りより、雛壇《ひなだん》に向かって大声を張りあげる。

「土井大炊頭様の御成《おな》りじゃ。頭《ず》が高い。ええい、控えよ」

大貫左門も渋沢検校も板の間から転げおち、白砂利のうえに額《ぬか》ずいた。

すぐさま、馬上から疳高《かんだか》い声が掛かった。

「大貫左門、留守居の分際で何をやっておる」

「ははぁ」

「おぬしがそこな渋沢検校と手を組み、秘かに為《な》してきた悪行の数々、すでに明々白々である。追って沙汰いたすゆえ、神妙に縄を受けよ」

「ははぁ」

大貫は平伏したまま、顔もあげられない。

一方、検校はちがった。

「お待ちを、大炊頭様、これは何かのまちがいにございまする」

切れた袈裟衣を引きずり、右往左往しながら、黒鹿毛の尻に近づいてくる。

誰も止めようとはしない。

「お殿様、どうか、どうか、哀れな検校のはなしをお聞きとどけくだされ。この渋沢検校、天地神明に誓っても悪さはしておりませぬ。どなたか、どなたか、お取次ぎを」

検校はよたよたと、艶めいた馬の尻に近づいた。

みな、固唾《かたず》を呑んで見守っている。

「ひひいん」

突如、黒鹿毛が嘶《いなな》き、後ろ脚を蹴りあげた。

「うかっ」

検校は築地塀よりも高く蹴飛ばされ、頭からまっさかさまに落ちてくる。

鈍い音とともに、白砂利が真紅に染まった。

検校は、ぴくりとも動かない。

天罰が下ったのだ。

大貫左門を筆頭に、野良犬どもが引ったてられていく。

土井大炊頭は馬から降り、半四郎と三左衛門のもとにやってきた。

精悍《せいかん》な風貌は、一国を統《す》べる藩主というよりも、一騎当千《いっきとうせん》の勇者のごとき猛々《たけだけ》しさを感じさせる。

八万石の殿様はゆっくりと歩みより、半四郎に軽くうなずいた。

「大儀《たいぎ》」

ひとこと、そう発したのである。

無論、この一件は表沙汰にできない。

それゆえに、半四郎はみずからの判断で、大炊頭への直訴を試みた。

千代田城からの帰路、八重洲河岸《やえすがし》に面する上屋敷近くの往来で、大名行列の駕籠を停めさせたのだ。

無礼打ちにされても文句の言えぬ所業であった。

半四郎らしい無鉄砲なやり方であったが、かえってそれが功を奏した。

土井大炊頭は事の重大さを察知し、鷲尾平内の集めた証拠の品をも吟味したうえ、みずから捕り方を率いて検校屋敷へ馳せ参じたのだ。

さきほど発せられた「大儀」のひとことには、深い感謝の念が込められていた。

何しろ、自藩の重臣が悪行に関与していたのである。表沙汰になれば、みずからの出世の道が閉ざされるばかりか、名門土井家の行く末も安泰ではなくなる。

殿様の大きな背中を見送りながら、三左衛門は素直な感想を述べた。

「ずいぶん、おおごとになったものだな」

奉行出役《でやく》の経緯《いきさつ》を知るにつけ、驚きの色を隠せない。

殿様の一行が去ると、鋳物師の一団がやってきた。

「そうだ、あの連中にも礼を言わねばならぬ」

と、半四郎が言った。

釣鐘のなかに隠してもらい、警戒厳重な屋敷内に忍びこむことができたのだ。

「連中も、とんだとばっちりをこうむったな」

なるほど、鐘撞堂には二度と撞かれることのない釣鐘が淋しげにぶらさがっていた。

鉄五郎が親方に見守られ、恥ずかしそうに近づいてくる。

「浅間の旦那」

「おう」

「ずいぶんと、痛めつけられやしたね」

「おかげさまでな。生きておるのが不思議なくらいさ」

「死んだ女房のために、とんでもねえご迷惑をお掛けしやした。このとおりだ。謝って済むようなはなしじゃねえが、とりあえず」

「とりあえずか。ま、いいってことよ。それより、これからどうする」

三左衛門は、ちらっと親方のほうをみた。

「元の鞘に納まる気になったか」

「へえ。子供たちを連れて川口に帰《けえ》り、一から出直しやす。それが、あの世に逝《い》ったおもんの気持ちなんじゃねえかと」

「そのとおりさ」

「じゃ、旦那、またあらためて」

「ふむ」

鉄五郎も鋳物師の一団も消え、ふたりだけが残された。

「さあ、浅間さん、まいろう。おまつどのも首を長くして待っておられる」

「はあ」

三左衛門は半四郎にともなわれ、門の外へ出た。

冷たい風すらも心地良い。

「おや」

腰の曲がった老婆が、渋柿を集めている。

およね婆であった。

孫娘が毒殺されたことを、およねは知らない。

教えても詮無いことだと、三左衛門はおもった。

夕陽は落ち、空は黒雲に覆われはじめた。

「冷えるな」

半四郎が、ぶるっと肩を震わせた。

「ほにゃほろ、ほにゃほろ」

辻向こうから、又七が張りぼての馬を抱えてやってきた。

「飴だ、飴だ」

どこからともなく、洟垂れどもが集まってくる。

長閑《のどか》な光景だった。

空を見上げれば、白いものがちらちら舞っていた。

「初雪か」

ひろげた掌のうえで、雪の花弁は消えてゆく。

――じゅいいん。

柿の木の梢《こずえ》で、真鶸がまた鳴いた。

「浅間さん、鍋でもつつきにまいろうか」

半四郎はそう言い、にっと白い歯をみせた。

※本書は２００８年10月に小社より刊行された作品に
加筆修正を加えた「新装版」です。

双葉文庫

さ-26-41

照《て》れ降《ふ》れ長屋風聞帖《ながやふうぶんちょう》【十一】

盗賊《とうぞく》かもめ〈新装版《しんそうばん》〉

2021年1月17日　第1刷発行

【著者】

坂岡真《さかおかしん》

【発行者】

箕浦克史

【発行所】

株式会社双葉社

〒162-8540 東京都新宿区東五軒町3番28号
［電話］03-5261-4818(営業)　03-5261-4833(編集)
www.futabasha.co.jp（双葉社の書籍・コミックが買えます）

【印刷所】

中央精版印刷株式会社

【製本所】

中央精版印刷株式会社

【フォーマット・デザイン】

日下潤一

ISBN978-4-575-67037-0 C0193
Printed in Japan